核桃先生的咖啡馆

李小糖罐／著

线装書局

图书在版编目（CIP）数据

核桃先生的咖啡馆 / 李小糖罐著．—北京：线装书局，2015.3

ISBN 978-7-5120-1773-3

Ⅰ．①核… Ⅱ．①李… Ⅲ．①长篇小说－中国－当代 Ⅳ．①I247.5

中国版本图书馆 CIP 数据核字（2015）第 040207 号

核桃先生的咖啡馆

作　　者： 李小糖罐
责任编辑： 崔建伟　宁　静
装帧设计： 无尚美学工作室
出版发行： 线装书局
地　址：北京市西城区鼓楼西大街 41 号（100009）
电　话：010-64045283　64041012
网　址：www.xzhbc.com
经　　销： 新华书店
印　　制： 北京市玖仁伟业印刷有限公司
开　　本： 880mm×1230mm　1/32
印　　张： 8
字　　数： 146 千字
版　　次： 2015 年 5 月第 1 版第 1 次印刷
印　　数： 0001—5000 册

定　　价： 29.80 元

目录

Menu

一、掉进垃圾桶里

这个故事是从一个下雨天开始的。

这是一个非常让人厌烦的下雨天，整整下了一个上午，连中午都没有休息，直到下午三点钟的样子，雨才慢慢变小，地面已经变成了泥泞一片。

我就在这样的天气走下楼去买咖啡，事实上我并不想喝咖啡，可是昏昏欲睡的大脑实在无法让我专心工作，我不得不寻找一些让我打起精神来的身体补充品，比如冰拿铁——我爱死了冰拿铁，我觉得应该给发明它的人颁一个奖，奖杯名就叫“与午休搏斗最佳勇气奖”，如果没有冰拿铁，我想我肯定熬不过这个下午。

唉，我还有很多工作需要去做，可是我一点力气都没有了。

最烦闷的是洛先生已经失踪一个礼拜了……我实在不明白为什么我要去招惹“爱情”这个玩意儿，我记得当我没有爱情的时候我从来不会如此难受和痛苦，可是现在我不得不陷入一种无法名状的委屈与愤怒里。

咖啡馆里挤满了躲雨的人们，咖啡馆的地面也变得湿漉漉起来，服务员只好拿着拖把不停地拖来拖去。很快，地板又被一群新进来的客人给弄脏了，黑色污泥从大门一直延伸到吧台。

“小心脚下！”门口的服务生尖声地提醒我，我朝他点点头，踮起脚尖，小心翼翼地挪向吧台。

“给我一杯冰拿铁。”

“对不起，这位小姐，我实在没有另外一只手给你制作一杯冰拿铁，你可以在旁边等一会儿吗？”吧台里面一位皮肤黝黑的服务生无奈地冲着我微笑，我看了看手表，或许我还可以再待上十分钟，于是我朝他点点头，用手撑着下巴开始玩弄手机。

“今天的天气实在糟糕透了。”他一边飞速地制作咖啡，一边和我说着话，我抬起头看了一眼他的胸牌——他的名字叫“瓦卡”，这个名字奇怪极了，我总觉得这应该是一条狗的名字。

“的确很糟糕，我的鞋都湿透了。”我漫不经心地抱怨着，事实上我不是很想和一位服务生聊天，如果不是今天排队买咖啡的人太多。

“你可以像手套一样光着脚走路，或许会让你心情好一点。”瓦卡指了指门口那位服务生，我才发现他真的没有穿鞋，黑色裤子下面露出一双极其雪白且小巧的脚。

“我朋友家的猫也叫手套。”我终于对我们俩的话题有点兴趣。

“手套是一只兔子，不是一只猫，虽然我总觉得兔子和猫都是那种做事黏糊又极其自以为是的动物，不过手套确实是一只兔子，不信你可以看下他那对竖起来的耳朵。”

我惊恐地望着手套头上那对细长的耳朵，尽管他已经尽量戴了一顶硕大的帽子，但是耳朵依然从帽子两侧露了出来。

“这位小姐，你的表情可以稍微正常一点吗？否则会有人发现手套是一只兔子，事实上大家只会以为他戴了一顶兔子耳朵的帽子。”瓦卡看了我一眼，我立刻把头扭转过来，瓦卡已经把我的冰拿铁准备好了，“祝你好运，希望明天不会下雨了。”

“谢谢。”我拿起冰拿铁，我不敢辨认我是在午休的梦境里，还是真实存在的咖啡馆里，以至于我无法确定瓦卡找回我零钱的时候伸出的是不是狗爪子……

我想我还是赶紧离开这间咖啡馆，一定是昨晚睡得太晚了，才会出现这些幻觉。走到店门口时，手套好心地把雨伞递给我，我突然触摸到手套毛茸茸的手臂，我立刻尖叫一声。手套被我吓了一跳，立刻缩成一团瑟瑟发抖，甚至他的鼻子两翼开始长出白色的绒毛。

“这是一只兔子！”我继续大叫着，但是整间屋子没有任何人理会我，我只好用力地拉扯着手套的帽子，我想把手套的耳朵露出来给大家看，但是手套拼命地护着他的帽子。

“把她扔进垃圾桶里去！”瓦卡生气极了，他冲着手套大叫着，手套立刻站了起来，用右手夹起我，朝墨绿色的垃圾桶走去。我拼命挣扎，但是根本无法逃脱，手套左手打开垃圾桶，把我用力地塞了进去，接着，用力盖紧垃圾桶盖。

我就这样离开了我熟悉的世界。

1

我觉得如果落地之后还能活着，我一定要洗三遍澡，这里的味道实在是难闻极了，甚至我还触摸到一块发霉的香蕉皮！

我在一堆垃圾里找到一张干净的报纸，用力地擦拭自己的右手，我的右手食指上还残留着一点点香蕉，这样的场面让我忍不住呕吐起来，不过我并没有呕出什么东西，反倒让我整个人清醒过来。

很快，我坠落的速度也渐渐变缓，四周的垃圾慢慢消失，最后只剩下我这件大物品在做自由落体运动，不过我依然看不见地面，我不得不抱紧自己的膝盖，这样的姿势让我稍有一点儿安全感。

为什么垃圾桶下面有一条如此深的隧道，我开始怀疑我是不是还生活在地球上，或许我已经进入了天堂，可是天堂不是在天上吗？我不停地往下坠是要入地狱吗？想到这儿，我打了一个寒战，巨大的恐惧感立刻涌了上来，我忍不住号哭起来。

“小姐，你为什么如此伤心？”隧道里传来一个声音，我吓了一跳，以为是自己出现了幻听，很快这个声音再一次出现，“小姐，你把脑袋旋转30度就可以看见我了。”

我转过头，这是一只棕色的玩具熊，他也看着我，我们俩对视了一分钟，我终于忍不住尖叫起来。

“嘿，小姐，你这样尖叫很没有礼貌。”玩具熊有点生气我夸张的表情，他觉得我实在太大惊小怪了。

“你怎么可以说话？”我依然惊讶不已，因为我第一次见到一只玩具熊开口说话。

“你可以说话，我也可以说话，我们是平等的。”玩具熊双手交叉放在胸前，似乎很生气的样子。

“对不起，我从来没有和玩具熊说过话。”

“请叫我维尼熊。”

“好吧，维尼熊，你可以告诉我这是通往地狱的路吗？”

“我不知道地狱是什么地方，我只知道你很快就会进入我的地盘，想来点儿下午茶吗？哦，你有没有给我带礼物？”维尼熊瞅了瞅我的口袋。

我睁大眼睛望着维尼熊，其实我一直在怀疑之前那些对话是不是来自这只玩具熊，因为他的嘴巴从来没有张开过，甚至我连他的心跳声都听不见。

“我只有一些零钱。”我从口袋里掏出瓦卡找我的钱和一袋巧克力豆。

“哦，足够了。“维尼熊从我手中拿走那袋巧克力豆，“你可以试着直立起来，你现在的样子像一只猴子。”

我慢慢地松开双手，试着让身体直立起来，很快我就发现四周的墙壁上出现一些柜子，维尼熊打开其中一个柜子，翻出两个咖啡杯。

“我帮你倒杯咖啡，不过我记得咖啡壶在第十个柜子上面，所以我们还要继续往下掉一点儿。”

“如果我想拿上面柜子里的一些东西，我该怎么上去？”我试探着问维尼熊这个问题，事实上我只是想知道我如何回到上面的世界。

“等到垃圾桶桶盖打开的时候，我们就会被‘嗖’的一声吸上去。”维尼熊做出一个起飞的姿势，可是当我问到他垃圾桶盖子什么时候再会打开时，他却摇摇头，“这不归我管，或许待会儿就会打开，或许一年之后，好了，我们可以喝咖啡了。”

维尼熊抓住咖啡壶给我倒上一杯咖啡，我却还是盘算着垃圾桶盖何时可以打开，我还有一大份报告没有写完，如果下班之前不把报告交给老板，我明天一定会被她的唾沫淹死。

“今天下午我们打算聊点啥？”

“你在问我吗？”

“当然，难道这里还有别的人吗？”

“那我想想吧……天哪，我还有一大份报告没有写完！”

“什么是报告？”

“报告是一种特别可怕的怪物，它会吃掉你的脑细胞，吃掉你的睡眠，甚至吃掉你第二天早上的好心情。”

“天哪，幸好你逃离了报告。”维尼熊捂住嘴巴，似乎很害怕的样子。

“除非我再也不回去，否则我老板永远不会放过我的。”我沮丧地垂着头，我很担心维尼熊会问我“老板是什么”这个问题，可是事实上维尼熊真的问了这个问题，我只好继续回答他。

“老板……是另一种怪物，她涂着猩红的口红，长着硕大的屁股，没事就拼命折磨人，永远找不到爱情的老妖怪。”我尽量找一些好听的词语来描述我的老板，可是事实上我一点儿都不喜欢她，我总觉得她是因为找不到男人导致荷尔蒙失调才长成这副让人讨厌的模样！

“哦，爱情，我喜欢爱情，要不我们今天下午讨论爱情这个话题吧。”维尼熊打了一个响指，四周的蜡烛全部亮了起来，接着维尼熊又从最近的柜子里翻出一个漂亮的碟子，把我的巧克力豆倒在上面。

“我想想，我把椅子放在哪里了？”维尼熊低着头，开始思考着问题，“我记得我上次用椅子的时候是第3个柜子，后来我就把椅子放在了第几个柜子里呢？我想起来了，第50个柜子！”

“我们还需要再掉一会儿，现在还是第40个柜子。”我现在居然也可以辨认出柜子的顺序了，看来我已经习惯了这样一直在下落的姿势。

“这位小姐，你认为什么是爱情？”

“呃……我现在不知道，因为我和男朋友吵架，甚至我想也快分手了，我已经好几个礼拜没有见到他了。”我突然悲伤起来，事实上我已经强忍住自己的思想，尽量不要去思考这个问题，但是维尼熊重新打开了我的思考，“我觉得爱情只会给人带来痛苦和焦灼，事实上我真的不知道爱情是什么。”

“在我看来，对爱情的贬低只不过是一种蒙昧主义观点。”维尼熊抿了一口咖啡，眉头皱成一团，他似乎很不喜欢我对爱情的理解。

于是我们俩沉默了很久，在这段时间里我只好不停地喝咖啡、吃巧克力豆打发时间，最后我觉得实在是太闷了，于是我随手打开了一个柜子，里面居然摆满了波斯菊！

“你应该给波斯菊们道歉，因为你打扰她们睡觉了。”

“对不起，我以为波斯菊都应该待在阳台上。”

“她们确实该待在外面，不过她们更喜欢待在柜子里，她们以为躲在柜子里就不会被人随便打扰了。”

我想维尼熊大概在暗暗骂我，只好闭上嘴巴不敢搭话，这一点让维尼熊更加生气，他气呼呼地从第 50 个柜子里扯出一把椅子，一屁股坐上去，翘着二郎腿。

“好吧，我们来继续讨论爱情这个话题。”我讨好着维尼熊，我很担心如果他不搭理我，我会不会在这个狭长的空间里闷死。

“那你来解释爱情是什么？”

“爱情……”我叹了一口气，把喝完的咖啡杯放在半空中，咖啡杯悬浮起来，“爱情是两个人的主观想象力合力建造出来的东西，当两个人都想象着爱情多么美好时，事实上爱情真的很美好，可是相反或者不合拍的时候，就好像你喜欢 morning coffee，但是你的伴侣觉得用绿茶代替咖啡更好，于是大家都觉得这份爱情可以舍弃了，唉……”

“我觉得你应该和波斯菊们躺在一起，或许她们可以治好你的叹气症。”维尼熊气愤地站了起来，“好了，你很快就要离开我这里了，但凡回答不出‘人究竟需要爱情吗？’这个问题的人都需要被放进核桃先生的小镇里。”

“你在说什么？”我还来不及问清楚就被维尼熊用力踹了下去，我实在不明白一个玩具熊为什么会有这么大的力气，居然可以一脚把我踹到地面上。

于是，我落地了。

2

这是一幢孤零零的房子，整座房子被巨大的铁栏围了起来，狭窄的窗子深深地嵌在苍白的墙壁内。大门外挂着一个木牌，上面写着：核桃先生之家。

我按了一下门铃，过了很久，终于有人走过来开门。这个人身材特别矮小，而且走路十分缓慢，仿佛一只巨大的黑色蜗牛在地面上挪动。

“你好，我……我是从上面垃圾桶里掉下来的，请问这是哪里？”

这个人慢慢慢慢抬起头，从铁栏对面仔细地打量着我，我才发现她是一个老妇人，由于她的红头发过于茂盛，我根本看不清她脸部的表情。

过了很久，她才把铁门打开。

“你好。”

“……”

“请问我该怎么称呼你？”

“……”

女人始终没有和我说一句话，甚至连眼也没有眨一下，只是专心致志地朝房子里走去。我只好闭上嘴巴，配合着她的走路速度往前挪动。

好不容易走到房子门口，女人轻轻地把大门推开。我看见一盏巨大的黑色水晶吊灯从天花板垂下来，灯光照射之内都是明亮的，除此之外，全是伸手不见五指的黑暗角落。吊灯下面摆放着一张猩红色天鹅绒沙发和一张古老又破旧的四脚茶几，旁边的壁炉里炉火烧得正旺，不断地发出“嗞嗞”的声音。

我小心翼翼地踩在乌木般漆黑的地板上。女人突然转过身，解开我的鞋带，我立刻紧张起来，努力地躲开她。

“贡丸小姐，难道你忘记了红头发太太不喜欢有人穿鞋走进房间？”一位打着黑色蝴蝶结、穿着燕尾服的男人出现在二楼的楼梯口。

“你好……”尽管不确定他是不是和我说话，我还是怯怯地向他打着招呼。

“天哪，看来你这次跑出去喝了不少东西，连记忆都衰退了。”

“她说她是从上面的垃圾桶里掉下来的。”红头发太太突然开口了，顺便脱下了我的靴子。

“垃圾桶？”核桃先生饶有兴趣地望着我，“亲爱的贡丸，你跑去楼上的咖啡馆了吗？难怪我很长时间都没有见到你，瓦卡和手套还好吗？”

我惊恐地向门口靠近，我不是贡丸小姐，他们肯定认错人了。

“你又要去哪？”红头发太太转过身，板着脸望着我。

“我只是想回去，我还有很多报告没有写完……”我窃窃地和红头发太太说着，事实上我见到红头发太太第一眼就很惧怕她。

“红头发太太，我想我们应该给贡丸用一个可以恢复记忆的咖啡杯了。”核桃先生朝我走过来，用右手夹紧我的腰朝二楼走过去，接着，就像手套把我扔进垃圾桶一样，核桃先生把我扔在了一个巨大且柔软的床上。

“安静地睡一会儿吧，我想你肯定是玩得太累了。”核桃先生温柔地亲吻着我的额头，我很快就进入了梦乡。

这是一个漫长的梦……

我这是在做什么？为什么我要熨一件男人的衬衣？我身后是什么东西在发出“咕噜咕噜”的声音，闻起来还挺香的。

我前面餐桌上为什么会坐着一个男人。

我为什么要他帮我拿一罐盐过来？

我现在的言语和行动似乎不是我自己大脑控制的，我究竟是谁？

“亲爱的贡丸，你一会儿让我拿盐罐，一会儿要我拿糖罐，我无法安心看报纸啦。”男人抬起头，很不高兴地望着我。

“这位先生，你太太每天做了那么多家务都没有向你抱怨，我都不知道我和你之间还有没有爱情，难道是雇主和保姆的关系，还是服务员与住宿客人的关系？”

“又来了……”男人不耐烦地摆摆手，端着咖啡朝门外走去。

其实我并不生气，可是为什么我要举着熨斗朝身后沸腾的汤锅砸去。

身后很快就开始冒出火花，接着，整个厨房开始烧起来了。

我用力尖叫着，我看见男人在外面想闯进来，可是大门被紧紧锁住，他又打算从窗户跳进来，但是窗户也被锁住了。

我继续尖叫着，整个房子裂成了两半，我迅速滑向那道裂缝里，很快我就掉了进去。

我再一次坠落。

不过这一次坠落我有经验了，我很快就让自己直立起来。接着，我看见了第 1 个柜子、第 2 个柜子……

“你又回来了。”维尼熊坐在椅子上喝咖啡，仿佛他早就知道我会回来一样。

“我刚去了一个男人家里睡了一觉。”我摸了摸刚被大火烫红了的手臂，“他说我的名字叫贡丸，我都快被他搞糊涂了。”

我自觉地坐在维尼熊旁边，顺便给自己倒了一杯咖啡，维尼熊漫不经心地抚摸着咖啡杯手柄，突然他冒出一句：“刚才垃圾桶盖打开两次。”

“天哪，我居然错过了两次机会，请问有其他的人掉下来吗？”我立刻紧张起来，拽着维尼熊脖子上的毛。

“第一次掉下一些照片，我把它们用相框框起来，放在第30个柜子，你有兴趣可以看看，第二次什么也没有掉下来。”

我失望极了，低着头喝着咖啡。咖啡没有加糖，也没有加奶，仿佛一杯难喝的中药。我们俩沉默着，四周安静得可怕，直到落在第30个柜子前。

“来欣赏一下这些照片吧。”维尼熊给我续了一杯咖啡，从椅子上站起来，我无事可做，只好跟着他欣赏这些照片。

这不是3年前我在游乐园照的照片吗？怎么会出现在这里？我又看见圣诞节我和朋友聚会的照片，那天我收到了很多礼物，我记得有一件礼物是一个维尼熊，我以为快递员寄错了地址，就把维尼熊退了回去。

第10张照片里我穿着一身洁白的婚纱，旁边站着一位高大的先生——我结婚了吗？天哪，为什么我自己都不知道我结婚了。

再往下看，全是我和这位先生的照片，我们俩去海边度假，我们俩去山上滑雪，我们俩一起摘葡萄，我们俩一起吃烧烤……最后一张照片是一张剪报，标题上写着“抑郁症妻子自杀，丈夫神秘失踪……”新闻图片居然是我站在秋千旁边举着维尼熊的照片！

我倒吸了一口凉气，忍不住打了一个寒战。

“最后这个女人死了，她觉得她的丈夫不爱他了。”维尼熊面无表情地盯着报纸，其实作为一个玩具熊，他本来就没有任何表情。

“我最后也会死的，对吧。”

“任何人都会死，除非你是玩具熊，好了，让我们继续讨论‘人需不需要爱情’这个话题。”

我依旧沉浸在对死亡的恐惧里，维尼熊的话从我左耳滑到我的右耳，我一句也没有听进去。

维尼熊叹了一口气，回到椅子上，开始唱起一首曲调很奇怪的歌。

噢，威廉先生的睡衣

威廉先生，是一个瘦子
可是他并不喜欢有人称呼他为“瘦子”
因为他不喜欢瘦子
不过偶尔他也会讨厌胖子
比如，他的那位胖胖的妻子
每天晚上，他的胖胖妻子都会监督他刷牙
威廉先生不喜欢刷牙
他觉得他的牙齿很健康

哪怕天天晚上喝一杯奶油百利酒

也不用刷牙再睡觉

可是，他的胖胖妻子

告诉他，他的嘴巴里已经有三颗蛀牙了

噢，威廉先生很忧郁

他担心着他的蛀牙

所以他不得不每天晚上穿着他的深蓝色睡衣

在洗手间里，刷牙

噢，威廉先生的睡衣！

我趁维尼熊闭着眼唱歌时，伸手把那张剪报拿了下来，我打算把这张剪报撕粉碎，可是就当我把剪报撕成两半时，我突然迅速往下面坠落。

这一次我落在了一个柔软的大床上，一睁开眼，是一个黑白格子拼成的天花板。

3

“你终于醒来了。”核桃先生温柔地亲吻着我的额头，这样打招呼的方式让我舒服极了。

“我做了一个很长很长的梦。”

“这很正常，我现在也在制作一个很长很长的梦。”核桃先生抿着嘴微微笑着，阳光温柔地洒在他的脸上，这让我想起我的男朋友，虽然我很久没有见到他了，但是我依然很想念他。

“来，我带你去看我制作的梦。”核桃先生掀开我被子的一角，我站起来，跟着核桃先生走出房间。我们朝走廊的尽头走去，走廊的尽头有一间房，这是核桃先生的书房。

核桃先生走到书桌前，书桌上摊开一本日记本，上面写着一行字：贡丸小姐，住在 11 楼 23 号房。

“我住在这里？”我惊讶地望着一行似乎还在扭动的文字。

“对，你以后住这里，不过你一个人似乎太孤单了，让我想想再加点什么？”核桃先生低着头，认真地思考起来，我却用力地拍着桌子。

“我要回上面去！我要写报告！我要去找我男朋友！”

核桃先生一直在思考，我的吵闹根本没有办法打扰到他，我愈发气愤，干脆把日记本扔在地上。

奇妙的事情发生了，日记本上突然出现了一座小镇，还有一个中心广场，广场中间有一个音乐喷泉。

接着，我看见了一些走动的小人，大家穿的衣服十分有趣，我忍不住靠近日记本欣赏着。

“不要碰这些人！”核桃先生终于从沉思里清醒过来，“这些人都是刚刚放进去的，还不稳定。”

“你打算什么时候把我放进去？”

“今天晚上吧，你希望在你房子里再放点啥？我想不出来了。”

“维尼熊吧，还有波斯菊！”我胡乱应付着，心里却在盘算着如何从这间房子里逃出去。现在离太阳下山还有一段时间，我一定可以找到逃出去的路的。

“好主意！就这么定了。”核桃先生捡起日记本，轻轻拂去日记本上的灰，日记本上的小镇立刻消失了。

核桃先生端坐在书桌前，继续在日记本上写着文字，我趁他不注意，偷偷地溜出书房。

走廊立刻变得无边无际起来。

我摸着墙壁慢慢地往前走，我记得楼梯就在走廊的中间，如果我可以走到一楼，然后逃出这座房子，在我第一次掉下来的地方，等着垃圾桶盖打开，也许我就可以回到上面的世界了。

墙壁上的人物画像似乎都活了过来，我盯着他们看时，他们是沉默着，我转过身往前走时，他们就开始窃窃私语起来。

我逮住一个看起来面善的男士，询问他如何从这座房子里出去。他捋了下山羊胡子，慢条斯理地回答我：

“小姐，我想你可以问一下我隔壁的隔壁的隔壁的那位太太，她在这座房子里呆得时间最长。”

我跟他说声“谢谢”之后，继续往前走，直到我看见那位白头发的太太，她正在剪羊毛，绵羊朝我发出“咩咩”的叫声。

“你好，这位太太，请问如何从这座房子里出去？”

“我叫那位太太，这位太太是我妹妹，她在你右边。”那位太太指了指我对面那幅画，画上一个丰腴的女人正在欣赏着一朵玫瑰花。

“好吧，我不管你是这位太太还是那位太太，我要从这座房子里出去！”我不耐烦起来，那位太太只好站起来，咬着食指想了想，最后她决定召开一个走廊人物画像大会，共同讨论我如何从这间房子里出去。

走廊里立刻变得闹哄哄起来，我蹲在地上，不像一个求助者，倒像一个等待审判的犯人。

“咳咳咳！”一个正在抽水烟的老头最先开口了，“你说你是从上面垃圾桶里掉下来的，可是你怎么证明你是从垃圾桶里掉下来的呢？”

“我有个证人，他叫维尼熊！不过他在隧道里，不在这里。”我辩解着，可是我也知道我的辩解没有用。

“你的证人都不在这里，所以你不是从垃圾桶里掉下来的，咳咳咳。”老头继续咳着，顺便用小棍子把烟斗里的烟给剔出来，重新加上新的烟草。

“我觉得她是从烟囱里掉进来的。”一个红头发的女孩尖声尖气地说着，并且朝我做了一个鬼脸。

我极其愤怒起来，我觉得这群纸片简直就是一群没有大脑的白痴——本来就没有大脑，都是一些平面画。

我为什么要和一群没有大脑的平面画讨论这么久？我要赶紧离开这个地方。

“小姐，我建议你可以敲敲左边这个房门，或许你会找到答案。”那位太太突然俯在我耳边轻声地告诉我，我感激地看了她一眼，立刻敲了敲左边这个房门。

整个走廊立刻传来窃笑声。

我终于明白了，原来他们在合伙捉弄我，可是房门已经打开了。

红头发太太面无表情地望着我，我张大嘴巴，不知道和她说点什么?

“咖啡，还是花茶？”红头发太太首先开口了，我只好顺着她的话往下说。我说我打算喝点咖啡，红头发太太立刻给我倒来一杯咖啡。

这是一个看起来容量很大的咖啡杯，可是我只喝了一小口，咖啡杯就见底了。

“还需要点儿什么？不需要我就继续我的工作了。”红头发太太面无表情地收回我的咖啡杯，我偷偷瞄着她的房间，正对面的一面墙上挂满了各式各样的咖啡杯。

我告诉红头发太太我不需要了，红头发太太立刻把房门关上，我如释重负重新走回走廊，那些纸片画都安静了下来，仿佛刚才的事情从来没有发生过。

“我要放一把火，把你们通通烧死！”我故意恶毒地看着他们，他们立刻惊恐起来，纷纷从画框里跳了出来，朝楼梯跑了过去。

我简直聪明极了，轻而易举就找到通往一楼的楼梯。

纸片们继续往大门跑过去，我在后面紧紧追着，直到我看见大铁门。纸片们从大铁门上翻了出去——天哪，我很快就要回到上面的世界了。

等我跑出去这座房子，这座房子立刻消失不见了，接着我在大马路上站了两个小时，依旧没有任何反应。

我无聊极了，只好沿着街道漫无目的地走着，走着……很快我就看见了一个大广场，中间有一个漂亮的音乐喷泉。

那些跑出来的纸片都在这里呆着。

我立刻转过身，往后不停地跑，跑着跑着，我看见一幢非常漂亮的小楼，看门的男人看了我一眼，继续打着瞌睡。

“这是哪里？”我朝他大声叫着。过了好半天，他才睁开眼睛。

“贡丸小姐，你忘记带钥匙了吗？好吧，让我找找……”看门的男人从一大串钥匙里翻找着，他的旁边躺着一条神情漠然的狗。

“找到了！11楼23号！”看门的男人兴奋地把钥匙递给我，我捂着脸尖叫着，难道我已经被放进了核桃先生的小镇里了吗?

很快，我原本的记忆完全消失了，我彻彻底底与上面的世界告别了。

我叫贡丸，我住在 11 楼 23 号，我的邻居们和我一样，都无法解答“人需不需要爱情”这个话题，所以我们都被放入了这个小镇。

二、橙色太太的咖啡杯

其实我挺喜欢一个人呆在屋子里，听音乐，写小说，可是每次我写的小说总是有头无尾，这让我很郁闷。有天我又一个人在屋子里写小说，突然我阳台上的花开口说话了：

“给老子浇点水！！！”

我以为我听错了，可是紧接着那朵花又开始吼叫：“快给老子浇点水！！！”老实说，我胆子不是很大，我被它吓傻了，在椅子上一动不动，那花无语了，只好自己伸长树叶倒水喝，我大叫一声：“那是开水！”

可是，已经太迟了，花被烫死了。

烫死的花一声不吭，屋子里又恢复了平静，让我感觉刚才是不是我的幻觉，可是饮水机上还是留着一股树叶的味道。

“真是一朵大傻花……”

我毛骨悚然，耳朵快竖成了一对兔耳。

“你还不把她给埋了，光天化日之下横尸花坛，真难看！”

“请问你是谁？”我怯怯地问了一句,眼睛还是盯着电脑，眼神却在飘忽，脑袋不敢乱转。

“我是你的情人。”

“那，情人，你在哪里？”

“在你床上！”

我猛地一回头，床上只有一个傻乎乎的维尼熊，不过，现在他翘着个二郎腿，坐在我的枕头上。

我突然害臊起来，因为我下半身只穿着条裤衩，还把左腿踩在凳子上……

“没事，你一丝不挂时还抱着我，我习惯了。”维尼熊耸了耸肩膀，“穿条长裤去阳台埋尸吧。”

这个世界我只听两个人的话，一个是我老爹，一个是核桃先生，这个维尼熊凭什么命令我，他还是我花50块钱买的咧！

可是我貌似只能乖乖地去埋那朵死花，因为今天发生的事情太奇怪了，我害怕如果我还坐在这个椅子上，会不会突然变成一个大型毛毛虫。

我使劲铲了一把土盖在死去的花上，旁边的一些花纷纷掉下眼泪表示哀悼，我问其中一朵波斯菊是不是每天晚上趁我睡觉的时候都在讨论我，她点点头。

我很生气，我觉得我被人偷窥了，我在这个屋子里做了那么多见不得人的事，甚至还包括边吃方便面边放屁！

波斯菊安慰我，说其实大家还是觉得我是个很好很好的小姑娘，除了有点情绪化，还有每个星期都要定时和核桃先生吵个小架。我听了后，总算心情好了点儿，并很礼貌地给了她一个微笑。

“贡丸，门铃响了！”维尼熊又在叫我，我突然发出一声尖叫，因为我知道是谁在按门铃，我答应她这个星期这个时候一定给她织一条红色大披肩，可是可是，我连毛线还没买到！

门外橙色太太很生气，因为我半天还不开门。

我很害怕橙色太太发现我拿了钱却啥也没帮她做，不过即使这样我还是得把门打开，因为我确实在家，她说她听见我在听歌了。

“你好，橙色太太。”

“我才不怎么好，最近天气老是很阴霾，我的心情糟透了。”橙色太太一进门就开始脱帽子、脱披肩、脱上衣、脱鞋子，直到把我的衣架都挂满，才一屁股坐在我的红沙发上，我还听见红沙发发出一声“哎呦”！

“是哦，最近天气是不怎么好，人都要发霉了，我帮你去倒杯咖啡吧，阴冷天喝杯咖啡很惬意的。”我转过身，却发现床上躺着一条红色披肩，我揉了揉眼睛，确定自己没看走眼。

“哎呦，这是给我的红色披肩吗？真好看！”橙色太太立刻站了起来，把披肩披在身上，在镜子前自恋地欣赏着，“咦，怎么还有商标？”

“哦，我想显摆下自己的手艺，看会不会有人发现是我自己编织的。”

“我还在商场看见这个牌子，很贵的咧，你真聪明！这样别人还以为这个披肩很高档喔。”橙色太太喜滋滋地欣赏着这条披肩，并时不时朝镜子做做妩媚姿势，我看见维尼熊已经把眉头皱成一团，阳台上的花也在捂着嘴笑。

突然，橙色太太的手机响了，橙色太太一看见这个号码，脸色大悦，立刻用娇滴滴的声音接电话，不过声音很小，大概只听见“好呀……嗯哪……好呀”之类的。

“贡丸，我晚上还有事，我先走了，谢谢你的披肩呀，希望可以给我带来好运。”橙色太太开始穿她的鞋子、上衣、披肩，戴她的帽子，然后扭动着硕大的屁股离开我家。

“估计是和她新男友约会去了。”维尼熊终于没再拧眉毛了。

“那条披肩是你变的吧。”

“不是，是波斯菊帮你从隔壁偷来的。”

天哪，我可不敢惹隔壁的眼霜小姐！那是橙色太太的劲敌。

我突然很想晚上和橙色太太再见个面。

1

橙色先生去年因为得抑郁症自杀了，他抑郁的原因是总是不相信橙色太太会像他爱她一样去爱他，所以，抑郁了，某天用橙色太太最喜欢的咖啡杯装满鲜橙多，咽下了100粒安眠药……

我相信橙色太太一定是那个时候改变生活品位的，因为很多邻居告诉我，橙色太太以前是个很文艺的女青年，绝不会是现在这个烫着菊花头，戴着豹纹眼镜，屁股比胸大，没高跟鞋不出门的假富婆（虽然橙色先生死后财产都归她了，不过充其量也就两套房子）。

假富婆今年年初谈了段恋爱，对方是个五十多岁的大学教授，离异，有一个刚上高中的女儿。虽然比橙色太太大十五岁，不过确实是个居家好男人，除了有点肚腩，而且不小……

那段时间橙色太太生活得很滋润，每天皮肤像吸满水一样，连眉眼里都充满了笑意。可惜好景不长，自打橙色太太把肚腩教授带回家几次后，教授就对她没什么兴趣了，此后，干脆不联系了。

橙色太太也找我谈过几次心，说是肚腩教授坚定地认为橙色先生还住在那栋房子里，特别是他每次和橙色太太ML的时候，总觉得有双眼睛在盯着他。我说这是你橙色太太不对了，既然要带男人回家ML，那就不要把橙色先生的遗像挂在卧室里，谁见了不害怕，更何况还要和你发生肉体关系。

“我也没办法，橙色先生死的时候是这样吩咐的。”橙色太太很沮丧，看得出来，她还是很在意和肚腩教授这段感情。

我只好安慰她，也许肚腩教授是个胆子很小的人，并不适合照顾女人。橙色太太对这个观点很赞同，并举例说明第一次在她家ML的时候他居然害怕到尿裤子，最后只好不了了之。

“真的很胆小，总觉得屋子里有人，我都和他说了很多遍真的没人……不过也是很奇怪，第一次准备发生时，我的手机响了，接起来又没人说话，第二次准备发生时，桌子上的花瓶突然打碎了……唉，难道真的橙色先生在家吗？”

橙色太太郁闷了好几个月，直到最近终于又开始滋润起来，我猜，她肯定又恋爱了。

可是为什么她不去好好爱橙色先生呢？橙色先生那么爱她，又是个纯粹的爱情至上主义者？

波斯菊告诉我，橙色太太新男友是个戴着框架眼镜的斯文男子，看起来还很年轻。花儿们都是很八卦的，总是喜欢互相传播各自主人的新闻，我很害怕哪天我也成为这群花儿们讨论的对象。

波斯菊还告诉我，他们很喜欢在楼下的咖啡屋坐着，只是闲聊，也不牵手，也不亲吻。橙色太太戴着茶色隐形眼镜，穿着暗绿色小坎肩，大腿并拢着，微笑地喝着咖啡。

我很惊讶这个女人的改变，我想也许这次她会考虑结婚了。

确实如此，橙色太太说她想把这套房子出租出去，住到甜心先生家。

甜心先生是个文学杂志编辑，比橙色太太小一岁，至今未婚，思考问题时喜欢用食指来回抚摸鼻梁。初次见面的时候，橙色太太对他并没有太多好感。某个下雨夜晚，甜心先生送来自制苹果肉桂面包，这让独居很久的橙色太太很感动，也许就是那个时候，动了结婚的心思。

我问维尼熊我是不是该把那件披肩偷回来还给眼霜小姐，因为橙色太太正在搬家，扔掉许多东西，场面很混乱，应该不会发现我的。

“不用偷了，她已经扔进垃圾桶了。”维尼熊耸耸肩膀，“你只需要把它捡回来，然后送去干洗。”

真是太好了！我真担心眼霜小姐发现橙色太太穿着她的披肩，会把眼睛鼻子皱在一起，跺着小脚尖叫！

橙色太太把上个月新买的大吊灯和一个用了一次的拖把送给我，并且说如果有力气的话，可以把阳台上的睡椅也搬走。我害怕这是橙色先生躺过的椅子，没有勇气接受。

“窗台上的咖啡杯真好看。”我伸出手拿着杯子，仔细爱抚着，它看起来是白色，可是又不是很像白色，好像是黑色。”

“别动！”橙色太太很紧张，静止在客厅里，我不得不跟着静止。

“我把它放回去好吗？”

“你快对它说‘对不起’，你刚才肯定用力握了它的手柄。”

“对不起，咖啡杯。”

等我把它放回原来的位置，橙色太太赶紧走了过来，仔细检查下杯子，确认它没有受伤，然后又急冲冲地拿来一块温热的毛巾把咖啡杯上我的指纹擦干净，嘴里还喃喃自语，“别害怕，她是贡丸，住我们楼上的，以前经常来我们家借DVD的女人。”

我很讨厌别人用“女人”来称呼我，我是少女，黑暗森林里最具有灵感的幸福无敌美少女！这个橙色太太实在太不礼貌了。

橙色太太并不理会我，继续安慰着咖啡杯，我鸡皮疙瘩都要出来了，好几次都想插话说“我回去了”，可是总找不到机会，把视线放到阳台外面——天气真好，一辆白色的丰田慢慢地开了过来。

我听见橙色太太阳台的花说：“坏了！”接着，阳台上的睡椅跟着颤抖一下。

丰田车停在楼下，甜心先生走了出来，手上捧着一束百合。阳台上的花儿们发出尖叫“他上来了，他上来了”，我对那群花做了个“嘘”的手势，可是她们依然尖叫着，除了橙色太太，屋子里所有东西都听见了。

门铃响了……

橙色太太这才醒过来，打开门却看见穿着粉色针织衫的甜心先生，和他的八颗牙齿！橙色太太捂着嘴尖叫，赶紧把门关上，回过身看着我。

阳台上的花儿们个个把叶子竖直。

咖啡杯摇晃了一下，手柄那突然出现一道灰色的划痕。

“贡丸，你可以帮我把甜心先生带走吗？”橙色太太快要哭了。

“没问题。”我正好想离开。我走到门口，橙色太太一把拉住我，把嘴凑到我耳边，“我十分钟就下来。”

我很好奇，这个屋子里又没有别人，为什么还要这么小声说话，把我的耳朵弄得酥痒酥痒的。

门外的甜心先生表情僵硬，刚才关门的时候碰到他的鼻子了，以至于眼镜跟着一起歪了。

“甜心先生，橙色太太说家里太乱了，她要收拾十分钟。”

“哦，要我在门外等她吗？”

“不是，她让我先带你去楼下的咖啡馆。”

“可是，我今天还想给她惊喜……”甜心先生扶正眼镜，手上的百合好像被刚才的气氛吓得奄奄一息了。

“这样啊——可能橙色太太今天不适合惊喜吧。”我学维尼熊耸耸肩膀。

“那好吧。”甜心先生很不情愿地跟我在楼下咖啡馆坐着，其间我接了核桃先生的一个电话，约我周末去看电影，我跟他说我最近遇上很多很奇怪的事，核桃先生居然说他知道了，等我身边的人走了再聊。

我很愕然，他怎么知道我和甜心先生在喝咖啡。

甜心先生不停地看表，很不耐烦的样子。我知道他对我不感兴趣，所以只能不停地喝咖啡，喝到要去厕所尿尿。

尿尿出来，看见橙色太太故作镇定地走了下来。”橙色太太，你想喝点什么？”甜心先生脸上立刻浮现出标准笑容。

“咖啡，不加糖。”

“你不是最喜欢加糖么？”

“嗯，今天换个口味……对了，可以把咖啡泡在我的咖啡杯里吗？”橙色太太掏出那个奇怪的咖啡杯，咖啡杯的手柄好像长高了一点，像一个人很生气叉着腰的模样。

那个穿的像只兔子的侍者很诧异，不过反正也是一杯咖啡的价格。端着咖啡杯的橙色太太在发抖，搞得整张桌子也在跟着抖。

“我想我是不是该回去了。”我伸了个懒腰，准备回去。

“不不不，你留下来，留下来。”橙色太太眼神恳切，把最后“留下来”三个字说得很用力，我悄悄看了甜心先生一眼，甜心先生似乎很无奈。

“橙色太太，你今天的裙子很美，显得你很有女人味。”甜心先生想了半天，终于找到很好的楔子。

“是吗，我昨天买的。”橙色太太笑了起来，看来被夸得很满意。

“下次我们去郊游的时候穿上吧。”

“好哦好哦！”橙色太太得意忘形，突然，咖啡杯剧烈晃动一下，把半杯咖啡泼到甜心先生身上，粉红的针织衫立刻成了张大地图。

“啊！”橙色太太尖叫一声，马上用手盖住咖啡杯的口，咖啡杯剧烈晃动着，橙色太太胖胖的手掌根本压不住。

好在甜心先生马上去厕所，咖啡杯这才安静下来。橙色太太把脸贴住咖啡杯，小声地说：“只是普通朋友而已，真的。”

五分钟后，甜心先生从厕所出来，地图已经被洗了大半，不过还是有污渍。

“对不起……”橙色太太很不好意思。

“没事……”甜心先生脸色黑了一大半，“看来今天我真不该来啊。”

“实在很抱歉，我这几天在收拾房间。”

“那你需要搬家的时候告诉我一声，我那边已经收拾好了。”

“橙色太太，你们住在一起，会马上结婚吗？”我这个问题让咖啡杯很亢奋，直接就从橙色太太手里摔到甜心先生脸上，差点没把他的眼镜打翻。

橙色太太很崩溃，可是又控制不了场面，只能对甜心先生说：“你还是赶紧走吧。”

我看得目瞪口呆，这个咖啡杯是不是疯掉了？

甜心先生风驰电掣地离开这家咖啡馆，把那辆白色丰田开得像赛车一样。橙色太太很郁闷，对着地上的咖啡杯说：“这下你高兴了吧！我知道你就是不喜欢我快乐！”

咖啡杯不说话，默默地呆在地上。

气氛很尴尬，橙色太太准备离开，我问她这个咖啡杯不带走吗？橙色太太说不用理他，他自己会回去的。

2

屋外的天气还是很好，云朵一会儿变成一朵棉花糖，一会儿变成一条蜷缩的蛇。我们沿着咖啡屋后面那条小道一直往上走着，我不知道橙色太太要带我去哪里，她的速度很快，而且一言不发。直到她开始变得气喘吁吁，终于停了下来。

“好了。”橙色太太一屁股坐在地上，“每次我生气的时候，只要狂走路出一身汗就不那么生气了。”

我要生气了，我觉得我走得好累。

“贡丸，和你说个秘密。”橙色太太掏出纸巾把皮鞋上的泥巴擦干净，然后又把纸巾叠好，用另一张干净的纸巾包好，放进提包里。

“说吧。”我累死了，我怀疑我的左脚大脚趾肯定生气了，它让我很不舒服。

“那个咖啡杯是用橙色先生的骨灰做的。”

背后一阵阴凉的风，把我的汗都刮跑了，还让我打了寒战，我努力回忆我是否在她家喝咖啡的时候用过那个奇怪的咖啡杯……没有，我确定没有，我没有在她家喝过咖啡，太好了。

“他的遗书里一定要我这么做，我本来不想，他居然连续几次跑进我的梦里催促我去做咖啡杯，真是个患有强迫症的人。”橙色太太似乎又生气起来了，语速越说越快，“我就知道他不想我快乐，自从有了咖啡杯，我就觉得我的生活像是被他监视了，之前他活着的时候并不能 24 小时控制我，现在整天在屋子里和我说话，我连上个厕所也要告诉他是大便还是小便。”

“也许他只是一个很怕寂寞的人。”

“可是他已经死了。”

“核桃先生说，人要学会精神独立，橙色先生也许还没有学会，你要有耐心。”

“难道我要教一个咖啡杯学会精神独立？！”橙色太太很不高兴我说这样的话，不过核桃先生确实是这么说的，我没有撒谎。

“嗯，你应该跟它说一个人其实可以做很多事，并不需要别人陪太长时间。”

“问题是我现在需要新的恋爱，我很爱甜心先生。”

这样呀，我也苦恼起来了，那还有别的办法吗？

晚上我穿着长衣长裤躺在床上（我还是有点不习惯和一个“男生”裸睡，可是又不好意思让维尼熊睡到沙发上），问枕头那边的维尼熊该怎么办？

“橙色先生实在太没安全感了……”维尼熊把两手交叉放在脑后，望着天花板，叹了口气。

“有时候我也会这样，总是不能持续相信核桃先生是爱我的，特别是一个人呆时间长了。”

“这是你自己的问题，不是核桃先生的问题，就算你以后换个黄桃先生或者葡萄先生，你还是会不信任对方，到了最后就会和橙色先生一样。”

“我应该不会像橙色先生那样吧，我还是很会自己找乐子的。”我转过身，用左手撑住脑袋望着维尼熊，“你说橙色太太这辈子就被那个咖啡杯绑住了？”

“我有一个办法，不过不知道橙色太太愿不愿意去做。”

“她肯定愿意，她现在快被咖啡杯逼疯了。”

“这个办法比较恶心……”维尼熊也侧过身，附在我耳边说起来，一直在偷听我们说话的波斯菊很生气，说我们说秘密不告诉她。不过维尼熊说不能和波斯菊说，因为只要她知道，整个大楼所有阳台上的花都知道了，那咖啡杯也会知道，如果它不愿意就没有其他办法了。

第二天我和橙色太太说了这个办法，橙色太太皱了皱眉头，看得出来她很为难。五分钟后，她眨了眨眼睛："好吧……我们去准备材料吧。"

橙色太太左手中指指甲一块，后脑勺头发两根，早上醒来口水三毫升，这个月月经血四滴，最后混合在一起，倒进咖啡杯，浸泡五天。

咖啡杯没有发现这些东西的特别之处，只是一开始觉得很奇怪，后来居然很喜欢这股奇怪的液体，甚至还很享受，特别是橙色太太抚摸它的时候。

维尼熊说橙色太太至少每天得抚摸它八个小时，每隔十五分钟说一句情话。

咖啡杯的皮肤越来越光滑，橙色太太说它的脾气也一天比一天好，第四天的时候，甚至还对橙色太太说不要每天闷在家里陪他，应该出去走走。

我想第五天橙色太太就可以解脱了。

不过核桃先生常说，如果十全十美，那一定是人编出来的故事。

第五天，我提着一篮子新鲜的水果去看橙色太太，她陪了咖啡杯四天都没出过门了。

橙色太太很开心我来看她，甚至还提前做好了小酥饼，嵌着葡萄干，很好吃。我一下子吃了五块，打了个小饱嗝。

“要点咖啡么？”

“好哇！”我突然想起那个浸泡着“神秘”液体的咖啡杯，一阵恶心涌上胃来，“算了，我喝点水好了。”

橙色太太没有发现我的异样，进厨房给我倒水，路过饭桌的时候顺便对正在看报纸的咖啡杯说了句“我爱你，宝贝”，听得我又打了个嗝，这次这个嗝连绵不绝，让我很难受。

“贡丸，门铃响了，帮我开下门，应该是送快递的。”

我打开门，一个穿着绿色衬衣戴着黄色帽子的男生抱着一个大纸箱，纸箱太大了，以至于我都看不见他的脸。

“这是给橙色太太的快件吗？”

绿衣男子“嗯”了一声，声音很熟悉，不过我却想不起来是谁？

“橙色太太现在很忙，我代她签收吧。”

绿衣男子撞开我，抱着纸箱径直走到客厅，把纸箱放下，然后匆匆离开。

一会儿，橙色太太给我端来一杯水，“这是我网上买的拖鞋吗？怎么用这么大的箱子装？”箱子上面封了好几层透明胶，我们费了好大的劲才打开。

打开箱子，一团褐色头发跳了出来，把橙色太太和我吓得坐在地上。这团褐色头发在客厅里嗅来嗅去，仿佛在找寻什么东西。

“天哪，这是一条约克夏犬！”橙色太太认出了这团褐色头发，“她的毛也太长了，我还以为是一团头发？！”

约克夏犬并没有因为被橙色太太认出来而感到高兴，依然执着地找着她要的东西，终于她找到了，只见她把脸上的毛拨到一边，露出一排雪白整齐的狗牙，以闪电的速度咬住同样被吓住的咖啡杯，还没等我们反应过来，她就叼着咖啡杯跳上阳台，口一松……

只听见一声清脆的撞击声，咖啡杯肯定摔得粉身碎骨。

那只约克夏犬歪着头对着我们“嘿嘿”笑了两声，“嗖”的一声就从我们脚底下钻了过去，出去的时候还很有礼貌地把刚才我忘记关上的客厅门关好。

“砰！”——她关门的力气可真大啊，天花板的墙壁灰都被震了下来。

时间好像也被吓住了，静止了许久，才让我们的思维继续走动，橙色太太疯掉一样跑向阳台，咖啡杯已经完全摔碎，远远地，只看见一些碎片，在阳光下闪闪发光。

“啊……”橙色太太发出撕心裂肺的叫喊，楼底下所有的人都抬起头，好奇地看着这位面部扭曲的女人。

“橙色太太，我下楼帮你把碎片捡上来！”

橙色太太没有理我，边尖叫边捂着耳朵跑下楼，咖啡杯尸体周围围了好多人，大家都不知道是谁把它砸了下来，我在前面挤开人群，“对不起，请让一下，它的家属过来了。”

橙色太太看见咖啡杯，立刻安静下来，像一个老太太一样缓慢地蹲了下来，用涂着金黄色指甲油的手抚摸着那些碎片，碎片立刻在她的手心划出一道道小口子，橙色太太的血慢慢印在白色碎片上……不知道是哪个小孩突然叫了出来，“快看！咖啡杯流眼泪了！”

是啊，咖啡杯碎片都在哭泣，渐渐地，积满了一摊水。

围观的人渐渐散去，因为橙色太太只是慢慢地抚摸碎片，根本没有爆发任何情感，大家觉得光看咖啡杯流眼泪实在太单调了。等到人散光，咖啡杯终于说话了，“亲爱的，我该离开你了。”

“为什么？”橙色太太似乎老了很多岁，眼神都开始呆滞了。

“我看出来了，你并不爱我。”咖啡杯似乎很没有力气了，声音很低沉。

“我一直是爱你的。”

“没有关系，我现在很轻松，不会强迫你爱我了，再见，我需要让大脑神经休息了……”

橙色太太叹了口气，掏出手帕，把碎片一片一片地捡起来，包好，“我把你放在你喜欢的那株向日葵下面吧，向日葵是一个很好相处的朋友，这样你就不会寂寞了。”

我问橙色太太是不是要去找凶手报仇，橙色太太摇摇头，

“我知道是谁干的，过几天他会主动来找我的。”

我和维尼熊说，我觉得是甜心先生做的坏事，那个穿绿衣的快递男生跟他长得很像，维尼熊皱了皱眉头，说橙色太太最近应该会结婚。

我打算和核桃先生说说咖啡杯的故事，但是核桃先生最近很忙很忙，连周末的电影也取消了，为了让我不至于太生气，他说过几天带我去一个有意思的餐厅，餐厅有什么意思，我喜欢的只是和他呆在一起，包括每天晚上。

我问橙色太太凶手来了没，她吸了吸鼻子：“他已经来过了。”

“谁？”

“一个你只见过一次的人。”

“啊！那他为什么要杀害橙色先生。”

“是橙色先生自己雇来的，他想证明我是不是在乎他，还好，他想通了，否则这么贵的雇佣费真不划算。”

“你怎么知道？”

“有一天，我看见他趴在窗户上和一只野猫在说话，他以为我没有听见，其实我听见了，他要野猫去找一个凶手，野猫就找了那条约克夏犬，约克夏犬又雇佣了他的主人。”

我听得目瞪口呆，橙色太太却仿佛在讲一个魔幻故事，甚至还心平气和地收拾房间，她还是要搬走。

“那你打算怎么办？”

“嗯，走了也好……我打算待会儿和绿蘑菇先生约会。”

“你又换了个男朋友？”

“不是男朋友，是未婚夫，我打算和他结婚了。”

“可是，你怎么认识他的。”

“他就是那个送快递的男生啊。”天哪，他们什么时候互相交换爱情光点的？我真是一点儿都没有捕捉到。

那甜心先生怎么办？不过也许这些已经不是我要考虑的了，重要的是橙色太太终于可以自由自在地开心了，有时候我真喜欢这样的老女人，好像很喜欢独立生活，可是又好像什么时候都可以遇见爱情。

3

半年之后，我在一个宠物店看见已经把头发拉直的橙色太太，尽管眼袋很明显，不过依然笑得很开心。绿蘑菇先生的女儿——橙色太太的继女、在店里打游戏，那条神秘的约克夏犬戴着副墨镜，在椅子上搂着条博美，很潇洒的模样，一点儿都不像个凶手。

只是我居然有点寂寞了，一个这么有趣的邻居就这么搬走了，包括她阳台上那些八卦的花。我想眼霜小姐应该开心，终于没有人和她吵架了，不过也不一定，眼霜小姐好像每天都有烦心的事，出门的时候总是板着一张脸，橙色太太说她是害怕做任何表情都会让她长皱纹！她阳台上的花儿们也不与其他的花儿们聊天，总之呢，都是很古怪的一屋子人。

三、熬花汁的眼霜小姐

眼霜小姐约我去逛街已经是上上个星期的事了，我以为她已经忘记了此事，不过今天在楼梯间相遇时，她又跟我提起这件事，我说下午已经约了核桃先生去看话剧，眼霜小姐似乎很难过，眼泪都要掉下来了。

“噢，亲爱的，我需要你陪我去买一顶铁锅，我之前那个铁锅已经开裂了。”

“但是，我已经买了今天下午的话剧票。”

“你可以看完话剧再陪我去买，我想铁匠铺应该没那么早关门。”眼霜小姐冲我眨了眨眼睛，我歪着脑袋想了想，也许我真的可以陪她去买一个铁锅，不过我得先问问核桃先生的意见。

电话那头的核桃先生正在画画，我想他一定是用右耳和右肩膀夹住话筒的，因为话筒里的声音听起来很浑浊，我说我想看完话剧后陪眼霜小姐去买一个铁锅，核桃先生说那当然可以，不过傍晚似乎要下雨，最好穿一双雨靴出去。

可是我有两种颜色的雨靴，究竟穿哪一双呢？眼霜小姐说穿粉红色小圆点那一双，她可以穿一双粉红色的高跟鞋搭配我，我又歪着头想了想，那就这么定了吧。

“亲爱的，我太爱你了！”眼霜小姐兴奋地在我脸颊吻了一下，我立刻闻到她身上浓烈的紫丁香花味道，“下午我会带点紫丁香花味的小酥饼给你！”

我连忙摇头，“还是不要紫丁香花味的吧，我可不想连着酥饼一起被我讨厌。”

I

楼上的眼霜小姐每天早上都会准时熬煮她的紫丁香花汁，她把熬制花汁的过程弄得非常复杂，我曾经花了一下午的时间听她絮絮叨叨，不过有些步骤依然不是很清楚。大概是这样的：先把采下来的紫丁香花洗干净（必须选花冠部分裂成五部分的），然后均匀摊在白布上晒干。一天过后，花瓣慢慢地萎缩，再把花瓣放进铜罐里，用捣杵磨碎，磨到花瓣开始渗出汁液，再倒进铁锅里，用小火慢慢熬煮。可能中间还要加上什么玫瑰花梗、蝴蝶翅膀之类的，研磨的时候还要滴几毫升眼泪等等，具体细节实在很难让人记住。等到花汁熬好时，整个楼道都是紫丁香花的味道，我跟眼霜小姐抱怨过此事，因为这股味道会让我家的维尼熊不停地打喷嚏，不过眼霜小姐似乎并没有将此事放在心上，每一次她都会跺着小脚说：

“贡丸，你知不知道这花汁对我来说多重要！”

“知道知道，它会让曲奇先生爱上你。”

真不知道眼霜小姐从哪里知道这个秘方，以至于她总是利用各种机会接近曲奇先生，包括电车里假装偶遇、健身房假装摔倒、假装咖啡店的服务生帮他点单等等，这样她就可以在曲奇先生的咖啡、奶茶、浓汤等等不透明液体里倒入她熬的花汁，然后幻想着曲奇先生无法自拔地爱上她，甚至她还把这种幻想写进她的小说里（令人惊讶的是，这一系列的小说居然登上了去年的畅销小说排行榜）。对了，我忘记说了，眼霜小姐是一个作家，不过，可能是有点幻想症的女作家。

实际上我觉得曲奇先生很难爱上眼霜小姐，因为两个人完全是不同世界的人。比如说吧，晚上十点，眼霜小姐已经洗漱完毕准备上床睡觉了，曲奇先生肯定还在某个小酒吧里喝着最近流行的一款鸡尾酒；又比如说吧，眼霜小姐至今为止都没有穿过一件土黄色的衣服，她总觉得这个颜色会让她的肤色看起来很黄，曲奇先生却不这样认为，无论晴天雨天，他总是喜欢穿一件土黄色的衬衣作为打底装；再比如说吧，曲奇先生喜欢在一个叫“憨狐狸”的网站写日记，吃个饭放个屁都要在他的日记上汇报下，眼霜小姐很纳闷，这有什么好玩的，不过说归说，她还是老老实实地在“憨狐狸”注册了一个号，只看曲奇先生的日记从不发表自己观点。

本来两个人相安无事地度过了五个年头（我很好奇，曲奇先生难道没有发现他喝的所有不透明液体都有一股紫丁香花味道），自从上个月曲奇先生找了一个红头发的女朋友，眼霜小姐就开始不安了。其实曲奇先生交过很多个女朋友，但是这个女朋友似乎很特别，因为眼霜小姐在这个红头发女人的中指上发现了一枚戒指，对，一枚具有特殊意义的戒指！

在没有发现这枚具有特殊意义的戒指之前，眼霜小姐与曲奇先生基本是两个礼拜见一次面（假装偶遇的不算）。两个人找一个规规矩矩的咖啡馆，喝着养颜养胃的下午茶，聊着不痛不痒的话题，暧昧这层关系似乎还差上一截。但是自从红头发女人出现之后，眼霜小姐就有点不满足这样的关系了，她非常希望曲奇先生就此事说点什么，但是又很害怕他说点什么，惶惶恐恐过了两个礼拜后，终于又到了约会时间。

依旧是一个安安静静的咖啡馆，眼霜小姐却点了一杯冰咖啡，曲奇先生面露小惊讶，你不是说冰咖啡伤子宫么？

“偶尔改变下习惯也是挺好的。”眼霜小姐故意若无其事地抿了一口，牙齿却在嘴巴里打着颤，差点没把咖啡杯打翻。今天，眼霜小姐穿了一条紧身条纹连衣裙，露出细长雪白的大腿，还真是招人喜欢，曲奇先生一不小心看了很多眼。

“你还是一个处，对吧。”

眼霜小姐差点儿没把咖啡喷到曲奇先生脸上：“是……是啊，怎么了？”

曲奇先生用右手拖着下巴，身体靠近眼霜小姐，压低嗓子，“我不会和处女谈恋爱的。”

“为什么？”

“经过几手的女人才有韵味，我可不想为人师噢。”

“经过几手的女人你不觉得很脏吗？”

“这就是处女和非处女看待生活的区别，去和纯情男生上一次床，再来找我吧。”曲奇先生淡淡地笑了笑，这笑容让眼霜小姐浑身鸡皮疙瘩都起来了。

这天的阳光很好，温度也很适宜，眼霜小姐非常懊恼自己为什么要点一杯冰咖啡，这么苦这么冰的东西真的会有女人喜欢吗？后来她把这一切归结于紫丁香花汁药效未到。

2

眼霜小姐决定去找一下茄瓜先生拿一些紫丁香花瓣。

茄瓜先生是一位喜欢戴隐形眼镜的植物学博士，说话轻声细语，走路时喜欢耸起左边肩。很长一段时间内，我都怀疑他暗恋眼霜小姐，不过眼霜小姐并没有太在乎此事，她只是每个月定期来茄瓜先生实验室拿一些紫丁香花瓣，偶尔会留下来喝几口茄瓜先生自制的花茶，不过这类约会大部分发生在我也一起过来的时间里。

“茄瓜先生，我的紫丁香花用完了。”

“哦，那我再给你一箱吧。这一次的花瓣比较饱满，汁液药效应该比较强。”

“是吗？那太好了！”眼霜小姐两只眼睛立刻发出了光芒，像一只得到了母乳的小兽，立刻神采奕奕起来。

“嗯，希望如此，如果花汁见效了，记得马上给我电话。”茄瓜先生眼神始终停留在那一箱花瓣上，突然他发现了一个重大问题，立刻从抽屉里拿出镊子，轻轻地夹出一片残缺的花瓣，扔进垃圾桶里。

“不知道我能不能邀请两位女士喝下午茶？我刚晒好了一些月桂花瓣，加点儿冰糖泡上一壶，应该够我们三个人喝了。”

“我没有问题，不知道眼霜小姐下午有什么安排？”我斜着眼看了眼霜小姐一眼，她正在摆弄她胸口的蝴蝶结，似乎怎样打结都不合她的心意。

“我想我可以让送牛奶的太太晚点再过来。”

“那太好了，我们去院子里坐着喝吧，今天的天气看起来不错哦。”茄瓜先生从柜子里拿出一个木头箱子，轻轻地放在桌子上面。他打开箱子盖，箱子里整齐地摆放着一套描着玫瑰花图案的白色咖啡杯，我注意到其中一个咖啡杯上刻着一行很小的字，上面写着："我爱的人即爱我"，后来我把这句话告诉了核桃先生，核桃先生说这句话也许和某种愿望牵连在一起。

今天的天气果真不错，连野兔都跑出来晒晒太阳，我们三个人坐在院子里喝着花茶（我老觉得有一股紫丁香花味道），茄瓜先生还配了一些他自己做的小糕点：薄荷叶和绿豆一起做成的饼干，柠檬和南瓜一起做成的小蛋糕。我很讨厌草莓馅小酥饼，也许是草莓放太多了，弄得酥饼里像是放了一块血浆，看上去让人很不舒服。

"茄瓜先生，我能问你一个问题吗？"

"当然可以。"茄瓜先生帮我续了一杯茶，我发现他的眼睫毛很长，像一把刷子来回地移动。

"真的有人用紫丁香花汁得到了另一个人的爱情吗？"

"也许有，也许没有，不过我想如果那个人真的是用花汁得到了爱情，他一定不会说出来，因为这并不是一件很值得骄傲的事情，所以我说也许有，也许没有。"

"那就是说还是有的喽。"

"你可以这样理解。"茄瓜先生眯着眼睛朝我微笑，好像在和我玩猜字谜的游戏。

"哎呀，你们两个人的对话真是无聊极了。"眼霜小姐不耐烦地挥了挥手，把注意力转移到院子里的野兔身上。这是一只灰色的兔子，正侧躺在树底下晒太阳。

“眼霜小姐，听说你买了一个新的铁锅。”

“别提这个倒霉的事了，新的铁锅很不听话，我一转身花汁就溢了出来。唉，我又开始怀念我的老铁锅了，它永远像一个温顺的狮子一样守护着我的花汁。”说着说着，眼霜小姐开始掉眼泪，我赶紧递上手帕，茄瓜先生也叹了口气，似乎这个话题也不太好。

“好了，我们该走了。”眼霜小姐擦干眼泪，“谢谢你的下午茶，我该回去熬花汁了。”

“希望可以听到你的好消息。”茄瓜先生站起来，抱了抱眼霜小姐，转过身又抱了下我。我回头看了看那只晒太阳的灰兔，她也正在清理身上的枯树枝和小树叶，看样子也准备回洞里了。

3

眼霜小姐这次一定下了整整一锅的紫丁香花瓣，整个大楼都是甜到腻的花汁味，维尼熊不停地打喷嚏，我不得不给他买一个口罩。

“贡丸，你能不能上去和那个扑克脸小姐说一下，以后别熬这么多的花瓣，我都快被熏死了。”维尼熊喜欢叫眼霜小姐“扑克脸”，这个绰号是眼霜小姐家的向日葵们取的，因为眼霜小姐可以一整天没有任何表情，好像一张死板的扑克牌。

“也许这次她会成功哩，以后咱们再也不用忍受花汁味了。”

“我可不这么认为，这一切只不过是茄瓜先生为了接近扑克牌小姐编造的美丽谎言！”维尼熊用力咳了几下，以至于他不得不皱着眉头说话。

“其实有时候我也会这样怀疑，不过我并不想把这个怀疑告诉眼霜小姐。”

“你最好快点告诉她，否则她家的花迟早有一天会把她新买的铁锅砸碎。”维尼熊告诉我眼霜小姐的旧铁锅其实是被她家的向日葵故意打碎的，我突然很担心我家的锅子们，因为偶尔我会弄一锅闻起来臭臭的纳豆盖饭，不知道阳台上的花儿们会不会也讨厌我家的锅子们。

“快关门！快关门！眼霜小姐下来找你了。”阳台上的花开始大声尖叫，不过已经来不及了，眼霜小姐已经跑了下来。一进屋，她就握紧拳头不停地跺脚。

“贡丸，我刚看见曲奇先生在‘憨狐狸’发了一篇日记，他说他今晚要和红头发女人去吃意大利菜！”

“我也喜欢意大利菜。”

“不是和你说这个呀！”眼霜小姐更加激动了，“我的花汁熬好了，你得掩护我把花汁倒入他的杯子里。贡丸，红头发女人一定会在短时间内控制住曲奇先生的，我们的时间不多了……”

旁边的维尼熊小声地嘀咕着“不是我们，是你自己。”我瞪了他一眼，维尼熊很不屑地把头扭了过去。

“贡丸，我们快出发吧！”眼霜小姐跑进我的卧室，翻出我的大衣和靴子，然后急冲冲地跑下楼开车，我看了看躲在被子里的维尼熊，他似乎已经不想和我说话。

眼霜小姐把车开得飞快，几次都要撞上电线杆，我吓得脸色苍白，快要到意大利餐厅时，眼霜小姐突然发出一声尖叫。

“天哪。我怎么穿了一双绿色的高跟鞋，我应该穿一双橙色的靴子才对！”

“没关系，我们是坐着吃饭，不会有人发现你的鞋。”

“不可以！这样会毁坏我在曲奇先生心目中的形象的！”眼霜小姐几乎要哭了，“贡丸，我该怎么办？我该怎么办？”

“要不我们在附近买一双橙色的靴子。”

“可是曲奇先生也许很快就吃完饭了。”眼霜小姐把头伏在方向盘上哭泣，肩胛骨开始不停地颤抖，我不知道如何安慰她，只好坐在旁边叹气。

“对了，要不我们让茄瓜先生帮你买一双橙色靴子送过来，他的实验室旁边正好有一家鞋店。”

“可是来得及吗？”

“我相信如果是为您办事，茄瓜先生一定会以火箭的速度到达您指定的地点的。”

“茄瓜先生办事确实很快……”眼霜小姐像是在自言自语，过了一小会儿又从包里翻出化妆盒补了补妆，“贡丸，那我们下车吧。”

这家意大利餐厅藏在一栋绿色的老式洋楼里面，餐厅的老板是一个喜欢穿竖条纹裙子的胖女人，每天早上都会抱着她的小鹿犬去河边散步。我们的餐桌位于餐厅最里面，需要穿过整个餐厅才能到达，眼霜小姐本来很满意这个座位，这样就可以很快找寻到曲奇先生的位置，不过现在她很懊悔选这个座位，因为所有人都可以看见她那双与整体造型一点儿都不搭配的绿色高跟鞋，她觉得难堪极了。

“贡丸，为什么我没有看见曲奇先生和那个讨厌的红头发女人？”

“也许他们正在过来的路上，要不我们先点餐，我肚子饿极了。”我看了一眼餐牌，这个月的主打是苹果煎鹅肝，听起来好像很好吃的样子。

“再等等，等到茄瓜先生过来我们再点餐吧，鹅肝会把我的口红搞花的。”

“可是我肚子饿了。”我在桌子底下偷偷给核桃先生发短信抱怨，核桃先生没有理我，这让我更生气了，我决定去吧台逗逗老板娘那只小鹿犬，它正在无聊地抠着脚趾。

“茄瓜先生，你怎么在这里？！”我在吧台后面居然发现了茄瓜先生，他正在调兑一壶很好看的花茶。

“噢……噢，我正在为眼霜小姐调制一杯花茶，记得帮我保密，我先给她一个惊喜。”

“可是这不是应该由服务生来做的吗？”

“你是说那个长得像兔子的服务生吗？我打发他去帮我买一颗新鲜的樱桃，这样会让这壶花茶看起来更加漂亮。”

“我能尝一下吗？”

“最好不要！”茄瓜先生转过身，背对着我，用右肩膀把我挡在吧台外面，“还是不要尝吧，我下次再单独给你调制一杯吧。”

“那我想要一杯粉红色的花茶，对了，你能不能再给核桃先生调制一杯巧克力味的花茶。”

“当然没问题！贡丸小姐，你现在可以帮我先应付下眼霜小姐吗？我还需要一小会儿时间就可以完成这壶茶了。”

“不用担心，眼霜小姐现在正在苦恼曲奇先生为什么还不出现呢，不会发现我们的。”我刚说完这句话就开始后悔了，茄瓜先生苦笑了一下，我吐了吐舌头，继续逗那只抠脚趾的鹿犬。

4

餐厅里的客人越来越多，那个胖胖的老板娘开始兴奋起来，在大堂中央与客人们跳着舞，小鹿犬从我的左边跳了出去，窜到主人身边。可惜老板娘正和一个长着小胡须的男人打得火热，根本没有听见她的宝贝正在叫唤她。

眼霜小姐瘪着嘴坐在那儿，像一个被人抛弃了的洋娃娃，我很想帮她，可是又不知道怎样才可以帮到她。核桃先生说爱情这种东西真的不适合用理性去分析，我现在发现他说的很有道理，可是我和核桃先生之间的感情是不是爱情呢？我怎么觉得他总是站在我够不着的高度？

“曲奇先生还没有出现吗？”

“我刚刚上‘憨狐狸’看了他的日记，他和红头发女人吵架了，所以今天不过来吃饭了。”

“那他去哪儿了？”

“不知道，日记上没说。”

“这听起来确实挺不幸的……”

正在眼霜小姐又要掉眼泪的时候，茄瓜先生端着那壶花茶上来了，我又看见了那个印着“我爱的人即爱我”的咖啡杯。

“想不想试一下樱桃味的玫瑰花茶，我可研制了一个星期呢。”茄瓜先生把咖啡杯端到眼霜小姐面前，眼霜小姐看都没看就喝了下去。

“好像有一股紫丁香花的味道。”眼霜小姐嘀咕了一句。

“也许是你天天熬花汁已经分辨不出其他的味道了。”茄瓜先生打趣地说，顺便让那个长得像兔子的服务生给眼霜小姐倒了一杯白开水。

“茄瓜先生，你能给我们讲个故事吗？否则眼霜小姐又会难过了。”我请求茄瓜先生换一个话题，我可不想整晚都听见眼霜小姐的抱怨。

“嗯……让我想想……啊，我想到了，你们想不想听一只熊和一只青蛙的故事。”

“一只熊和一只青蛙之间有什么好说的。”眼霜小姐显然对这个故事没兴趣。

“你可以先听一段，如果不好听我就不讲了。”

“好吧……”

茄瓜先生的故事开始了：

从前有一只熊爱上了一只青蛙，熊每天都跟在青蛙后面，青蛙去哪里，他就跟去哪里。有时候青蛙呆在水里，熊就趴在岸边静静地看着她，熊觉得日子这么过下去也是一件很美好的事情。

春天快过完的时候，青蛙终于开口对熊说话了，她说：“请不要再跟在我后面，我喜欢一个人自由自在。”熊很难过，请求青蛙可以允许他每个月见她一面，青蛙想了想，答应了熊这个要求，于是熊每个月的第一天过来看青蛙，其他的时间熊只能呆在他家的树下思念青蛙。

有一天，熊在水塘边看见很多青蛙开始搬家，他逮住一只小青蛙问他究竟发生了什么事，小青蛙说这几天树林里出现了好多蛇，吃了好多只青蛙，大家准备搬家了。熊大吃一惊，赶紧去找他的青蛙，他找啊找、找啊找，终于在树林里找到了青蛙，她正在太阳底下晒肚皮，熊的出现吓了她一大跳。

“我不是跟你说过吗？一个月只能见我一次！”

“可是我很担心你。”

“我不用你担心，请遵守你的诺言。”

青蛙说完头也不回地跳走了。熊跟在后面，青蛙跳一步，他也跳一步，青蛙继续跳一步，熊也继续跳一步。青蛙跳的时候，四周只听见风吹树叶的沙沙声，熊跳的时候树叶都被震得掉了下来。青蛙跳累了，收住了脚步不跳了，熊一下子没有反应过来，继续往前跳，一不小心把前面的青蛙踩死了。

“我的故事讲完了。”茄瓜先生喝了一口水，“你们觉得这个故事怎么样？”

“我觉得那只熊实在太可笑了，他怎么会一脚把青蛙给踩死。”眼霜小姐捂着嘴“咯咯”地笑个不停。

“贡丸小姐，你呢？”

“嗯……”老实说我也觉得这个故事很好笑，但是总觉得茄瓜先生讲这个故事似乎有其他的含义，于是我换了一副语气回答他：“我觉得那只熊一定很爱很爱那只青蛙。”

“的确如此，就是因为很爱一个人，所以才不惜代价做出一些令常人觉得匪夷所思的事情，甚至有时候还变成了一件坏事。”茄瓜先生脸色变得凝重起来，像是在思考一件很重要的事情，眼霜小姐依然在旁边“咯咯”笑个不停，似乎已经忘记了曲奇先生这个人了。

我开始想念核桃先生了……

5

早上七点钟的时候我喜欢坐在马桶上看报纸，看完报纸继续回到床上睡觉，不过今天上完厕所之后却怎么也睡不着，然后我就听见阳台上的花儿们在议论楼下那辆豹纹跑车。

“你们在聊什么呀，吵得我都睡不着了。”

“你本来就睡不着！”维尼熊突然爬到我枕头旁边，把我吓了一跳，“曲奇先生过来找眼霜小姐了。”

“真的？！”我爬起来，拨开那些看热闹的花儿们，穿着土黄色衬衣的曲奇先生正对着车后镜整理头发，手上还拿着一大束玫瑰花。

“看来我们以后再也不用闻丁香花汁了！”花儿们开始欢呼，差点没把叶子抖落在曲奇先生的头上。

我慌忙穿上衣服，维尼熊叫住我，“你要去哪？”

“我得去找眼霜小姐，我担心她会太兴奋晕倒过去。”

“我建议你别过去，不过我想你不会听我的建议。”

我确实不想听从维尼熊的建议，因为我预感今天会发生一件重大的事情。不过等我跑到楼上时，曲奇先生已经在按门铃了，我只好躲在走廊里，我想如果眼霜小姐发出尖叫，我可以第一时间冲进去。

穿着睡衣的眼霜小姐把门打开，她发现门口站的居然是曲奇先生时，又“嘭”的一声把门给关上了。过了好一会儿，她才把门打开，不过这次已经换好衣服化好妆了。

“早上好，眼霜小姐。”

“早上好，曲奇先生，你这么早找我有事吗？”

“你不想邀请我喝一杯咖啡吗？”曲奇先生微微侧着脸问眼霜小姐，语气温柔极了。

“你知道的，我不喜欢喝咖啡，会导致骨头缺钙。”

“噢，我差点忘了，要不我们一起喝一杯花茶吧。”

“我一般在下午才喝花茶。曲奇先生，你找我究竟有什么事？”

曲奇先生似乎有点尴尬，不过很快他又想到了一个招数，说：“眼霜小姐，听说你喜欢玫瑰，所以我连夜采摘了一大束新鲜的玫瑰花，你看花瓣上还有露珠呢。”

“我不喜欢玫瑰。”眼霜小姐看了一眼玫瑰，“我有一次被玫瑰花刺弄伤了，不过我想你也站累了，还是进来坐一下吧——贡丸，你也进来吧，我看见你的红拖鞋了。”

曲奇先生诧异地回过头，我不好意思地朝他吐了吐舌头。

眼霜小姐拿出刚烤好的面包，帮我们涂上果酱，“这是无糖果酱，我走了几个超市才找到的。”

“贡丸小姐，你能回避下吗？我有些话想对眼霜小姐说。”曲奇先生意味深长地看了我一眼，我第一反应是莫非是紫丁香花汁生效了。

“贡丸为什么要回避呢？有什么话你直接说好了，我呆会儿还要工作，已经拖了出版社好几篇稿子了。”

“好吧。”曲奇先生似乎很不乐意，不过也没有办法，他只好转过身背对着我，“亲爱的眼霜小姐，经历了这么多事情，我才发现这个世界上真正爱我的人是你，你才是最适合我的女人，你愿意接受我这颗真诚的心吗？”

眼霜小姐手上的牛奶杯颤抖了一下，我以为她会尖叫，可是她只是把牛奶杯放回桌子上，然后掏出手帕擦了擦嘴边的牛奶。

“噢，曲奇先生，我想我们中间一定存在某些误会，我并没有喜欢过你。”

听到这番话，我和曲奇先生大吃一惊，不过眼霜小姐却很淡定地站了起来，“如果没有其他的事，我就去写稿子了，谢谢你的花，曲奇先生。”

“可是，眼霜小姐，你确定你刚说的话是真的吗？”曲奇先生似乎还在怀疑她的话。

“当然，我根本没有喜欢过你，也许是我这个人对身边的人比较热情，经常给人造成这样的假象吧。”

曲奇先生的脸立刻变成一只霜打的茄子，难看极了，我想他一定没有想到眼霜小姐会拒绝他，说不定他还把日后的分手台词都想好了。全世界都知道红头发女人和提拉米苏先生好上了，然后一脚把他给踹了，他之所以来找眼霜小姐只不过图一个心理安慰罢了。

阳台上的向日葵们看傻了眼，最高的那株向日葵一不小心打了个喷嚏，不过并没有惊醒其他的同伴，大家都怔怔地望着傻坐着的曲奇先生和毫无表情的眼霜小姐，这样的剧情确实不在花儿们的颜料之中。

“那我先回去了。”曲奇先生突然如旋风般跑出门，甚至还忘记了拿走他那顶漂亮的礼帽，最后被眼霜小姐从阳台上扔了下去，正好扔在曲奇先生那辆跑车上。

“眼霜小姐，你打算对我说点什么吗？”

“让我想想……对了，你出门的时候可以帮我把这些花瓣带走吗？我发现我越来越受不了这些紫丁香花味了。”眼霜小姐斜眼看着那些紫丁香花瓣，好像已经忘记了之前自己多么辛苦地伺候这些花瓣。

“那这个铁锅？”

“铁锅我让茄瓜先生帮我处理好了，真不知道我当时怎么想的，怎么会买一个如此难看的锅子放在家里。”

“那我先回去了。”我快走到门口的时候，眼霜小姐电话响了，我看见茄瓜先生的头像在不停地闪烁，然后就听见眼霜小姐对着话筒甜甜地叫了一声“亲爱的”，我突然想起茄瓜先生咖啡杯上的那句话“我爱的人即爱我”，当时核桃先生说这应该与某种愿望相关联，现在我发现核桃先生又说对了。

6

眼霜小姐的新书《熊的不幸遭遇》再一次登上畅销书排行榜，眼霜小姐在那间意大利餐厅举行了一个小型的庆功会。我在角落里看见了换了新发型的茄瓜先生，他正在和布蕾先生聊天，也许是因为我今晚穿了一件火红的披风，他很快就发现了我，端着酒杯朝我走了过来。

“茄瓜先生，你不是说要帮我调制一杯粉红色的花茶吗？”

“噢，我差点忘记了，明天你有空来我实验室吗？我可以请你喝下午茶。”

“我还想听故事。”

“你是说熊与青蛙的故事吗？”

“不是，是关于‘我爱的人即爱我的’的故事。”

“这个故事……说起来很复杂，不过我想你应该有耐心听下去。”茄瓜先生抿着嘴朝我微微笑，“贡丸小姐果然是一个很聪明的小姑娘，不过也是一个很会保守秘密的小姑娘，不是吗？”

“你是说让我保守秘密吗？”

“对的。”

“嗯，除非你把那个‘我爱的人即爱我’的咖啡杯借我用一下，我发现核桃先生最近总是在画画，都没有时间陪我了，我希望他可以更爱我。”

“这个咖啡杯对于你们这种关系是没有效果的，而且我也没有紫丁香花瓣了，你知道的，眼霜小姐最近很反感这个味道，也许是之前我给她喝的太多了。”

“可是我有一个问题一直不明白，需要喝多少花汁才可以有效了？”

“老实说我也不知道，我只知道花汁必须倒入那个咖啡杯里才见效，否则喝再多也没有效果。”

“如果以后不喝了，会不会失去效果？”

“我也很担心这个问题。”茄瓜先生苦笑了一下，一脸无奈地望着正在和布蕾太太眉飞色舞说话的眼霜小姐，“你不觉得眼霜小姐现在很开心吗？她爱的人也爱着她。”

“可是我更羡慕布蕾先生和布蕾太太，他们无论从哪个角度看都像一对夫妇。”

“因为他们之间的爱情是天然的，我和眼霜小姐的爱情是从实验室里制造出来的。”

我突然替茄瓜先生难过起来，忍不住掉下了眼泪，幸好餐厅里灯光很昏暗，我偷偷掏出手帕擦干净。毫不知情的眼霜小姐吆喝着大家一起跳舞，新的一首舞曲开始时，她把布蕾先生拉到了舞池中间，可惜矮胖的布蕾先生不太熟悉这个曲调，新买的皮鞋被眼霜小姐的高跟鞋踩了好几脚，旁边的布蕾太太捂着肚子笑个不停，接着餐厅里所有人都跟着一起笑，整个场面滑稽极了。

四、出轨的布蕾太太

布蕾太太最近变得很奇怪，她会在晚上八点钟的时候出门，手臂上挎着一个小篮子，里面摆着樱桃酒和小酥饼，偶尔她还会带上一些薄荷糖，用一个胖胖的玻璃罐子装着。她走路的时候总是扯着裙子踮起脚尖，似乎很担心会踩坏什么东西。大概拐三个弯，会出现一棵苹果树，苹果树旁边有一幢红色的小房子。布蕾太太左右看了看，确信没有人，才推开门进去。大概到了十二点，布蕾先生看完书开始打哈欠时，布蕾太太又会从房子里出来，拎着空篮子走回家。

这个故事是一个叫瓦卡的拉布拉多犬告诉我的，我当时被吓了一跳，我这辈子从来没有见过一条拉布拉多犬会说人话，甚至连卷舌和平舌都分得很清楚，还纠正我好几次发音错误。“瓦卡，你把这个故事告诉我有什么意义吗？”

“哦，就是讲一个八卦，你们女生不是最喜欢听八卦新闻了吗？”

“这个……你说得有点道理。”虽然我是比较喜欢八卦新闻，可是和一只拉布拉多犬聊八卦还真是一件新鲜事，后来我居然忘记了这个故事，直到维尼熊跟我提起我才想起来。

维尼熊说他听见布蕾先生在房子里哭泣。

1

我决定给布蕾家打一个电话。

布蕾先生不在家，布蕾太太很开心接到我的电话，她说会做一些下午茶点心招待我。于是我从早上就开始等待，等呀等，等呀等，终于等到下午三点钟。布蕾太太打开门的时候，我发现她的头发里插了几个小树枝，眼神慌张极了，似乎在隐瞒一件很重大的事。

“我的小贡丸，我今天是没办法见你了，因为……你知道，我有很多事要忙。”

我很生气，她今天早上还邀请我一起喝下午茶，我为此期待了一上午，甚至还推掉了迷迭香小姐的约会。可是现在我只能一个人打发无聊的下午，维尼熊安慰我说也许布蕾太太家临时来客人了。

“可是，她为什么不能提前告诉我呢？”

“也许那个客人来得很突然吧，你知道的，人有时候都需要一个空间存放自己的秘密。”

我还是无法理解，于是更加生气了，远远地看，我的脸蛋像一个即将爆裂的红气球。我甚至产生从烟囱爬进布蕾太太家的念头，或许我会在沙发上发现一头粉红色的章鱼正在吃着小酥饼，还用其中一条须勾起我喜欢的碎花咖啡杯喝着玫瑰花茶（我真希望咖啡杯当时打一个小喷嚏，把杯里的花茶溅到章鱼脸上），然后我就大声地尖叫：“快来看啊，布蕾太太家有一只章鱼！”……这个场面一定很好玩，我忍不住笑出声来。

“你可以等那位客人走了再过去找布蕾太太，或许她那个时候会有空。”维尼熊朝我眨巴了几下眼睛，似乎他发现了我刚才的邪恶念头，弄得我极其不好意思起来，“贡丸，要不你先去买一些晚饭要用的小草莓和熏火腿吧，也许等你回来的时候，布蕾太太的客人已经走了。”

我点点头，拎着篮子走出门。今天的太阳似乎很没精神，一会儿睁开眼，一会儿又闭上眼，他闭上眼的时候，北风就会跑出来散个步，吹得我脖子冷死了，可是走了没几步，阳光又出来，暖洋洋的，身上的毛孔被晒得很舒服。

等我回来的时候，看见了布蕾先生正在停车，然后我就听见阳台上的花儿们在尖叫：“布蕾先生回来了！布蕾先生回来了！”

“布蕾先生不是应该晚上六点才下班吗？”我仰起头问那些花儿们。

“贡丸，赶紧回去告诉布蕾太太，布蕾先生回来了！”维尼熊从阳台上探出脑袋，我愣了一下，赶紧跑到她家敲门。

“布蕾太太，快开门！”

“贡丸小姐，我已经告诉过你了，我下午没有空。”布蕾太太在屋子里扯着嗓子回应着。

“我刚才在楼下看见布蕾先生的车了。”

门立刻打开了，布蕾太太睁大眼睛，像一个定格的小木偶，突然她迅速把我拉进房间里，然后用力把门关上。

“天哪，这该怎么办，这该怎么办，这该怎么办？”布蕾太太在客厅里踱来踱去，我发现沙发上坐着一位戴着帽子的男士，他的那顶帽子很有意思，长得像一个树藤编的鸟窝。

“叫我怎么解释这些小酥饼，还有这些花茶。”布蕾太太开始痛哭起来，并且不停地撕扯自己的头发，似乎想把它们都拔下来。

“你可以跟布蕾先生说你邀请了贡丸小姐来喝下午茶。”那位男士放下茶杯，朝我微微一笑，他的嘴唇很细长，笑起来可以看见很多牙齿。

“可是你躲去哪里是好？现在出门肯定会被他发现。”布蕾太太依然皱着眉头，头发上的树枝被她扯断了好几根。

“嗯……我可以去卧室的床底下，或者衣柜里，或者浴缸里，都可以。”那位男士站起来，我发现他非常瘦，大腿大概只有我手臂这么粗。

“床底下吧，他或许只是回来拿件外套。”

布蕾先生果然只是回家拿一件外套，不过很不巧的是他出门的时候，电话突然响了起来，他不得不折回来接电话。这个电话真的很长，我趁机溜进卧室，坐在床上，和那位鸟窝先生说话。

“嗨，你叫什么名字？我叫贡丸。”

“你好，贡丸小姐，我叫蝴蝶结，我是一位诗人。”

“蝴蝶结先生，你是不是住在苹果树旁边那幢红房子里面。”

“嗯，准确的说，我是住在第三棵苹果树旁边，你知道的，我们小镇有十棵苹果树，一不小心就容易走错。”

“可是，你为什么要住在苹果树旁边，是因为那里租金很便宜吗？”我想起核桃先生跟我说过曾经有一个人没有钱付房租，于是就在路边造了一个蛋形房子，后来房子被警察拖走了。

“我可不是没钱的家伙，而且我是一个诗人，是不需要钱的！”蝴蝶结先生生气了，用力地拍了下地板，地板上的灰尘立刻扬起来，导致他不停地咳嗽。我听见阳台上的花儿说了句“完了”，接着布蕾先生挂了电话走了进来，后面跟着惊慌失措的布蕾太太。

“下面是什么？”布蕾先生很生气，小八字胡都要飞起来了。

“呃……”我坐在床边，由于太紧张了，不得不把悬在空中的两只脚来回晃动来掩饰我的不安。

“不许晃脚，快回答我！”

“布蕾先生，一位绅士不可以这样对一位女士说话。”蝴蝶结先生撩开床单伸出脑袋，帽子上的树枝把我的腿弄得痒痒的。

“天哪，你是谁？你怎么会在这里？”布蕾先生倒吸了一口凉气。

“嗯……我想稍后再解释给你听，你能过来扶我起来吗？你们家床下面塞了太多箱子，呆在下面真不舒服。”蝴蝶结先生用力往前挪了几步，我赶紧把双脚收上床，床单上立刻留下两个小黑印。

布蕾先生花了很大劲才把蝴蝶结先生扶起来，蝴蝶结先生拍了拍身上的灰尘，优雅地走回客厅，坐回原来的位置上，翘着兰花指端起咖啡杯。

“请问这位先生，为什么你会出现在我的家里？”

“这个问题很简单，我只是过来看看你的太太。”蝴蝶结先生喝了一口咖啡，“噢，我都没有自我介绍，真是太没有礼貌了，我叫蝴蝶结先生，是一位诗人，同时也是你太太的情人。”

“情人？”布蕾先生眼珠快要掉了出来，他转过身看了看身边的布蕾太太，布蕾太太撇了撇嘴，似乎不想再解释什么。

“对，她的情人。”蝴蝶结先生喝完咖啡，从口袋里掏出手帕擦了擦嘴角，然后站起来，抱了抱布蕾太太，本来他还打算抱一下我，不过最后还是打消了这个念头，“那我先告辞了，今天的小酥饼有点甜，我不是很喜欢。”

蝴蝶结先生把门“嘭”的一声给关上了，整个屋子里开始发出坟墓一般的安静气息。

2

整个大楼的花儿们都在议论布蕾家的事情，一部分花儿们认为布蕾太太会搬去蝴蝶结先生家里，另一部分花儿们认为布蕾太太会和布蕾先生和好。我问维尼熊赞成哪边意见，维尼熊皱了下眉头，“我觉得布蕾太太不应该出现这样的状况。”

“可是核桃先生说每个女人都会有外遇的念头，区别就是实现与否，所以布蕾太太有这样的行为很正常呀。”

“我还是觉得很奇怪，不过，也许是我想多了吧。”维尼熊叹了口气，拿起桌子上的报纸开始大声地朗读。读到一半的时候，门铃突然响了，我打开门，居然是布蕾先生。

“布蕾先生，你怎么瘦了这么多？！”眼前的布蕾先生像是被一块不合身的皮包裹着，整张脸上都是褶子，样子有些吓人。

“噢，听见你这句话我实在太开心了，不过我还是觉得我的肚子很大，你看——”布蕾先生摸了摸像是放了一半气的肚子，“我希望这里可以完全平坦，这样格蕾丝（布蕾太太未出嫁时的名字）就会回心转意了，之前她老是说‘哎哟，瞧你这肚子都可以塞进一个小孩了’。”

“可是你现在已经很瘦了，真的不需要再减肥了。”

“不，我一定要把这个肚子去掉，格蕾丝喜欢瘦子！”

“可是你打算怎么去掉这个肚子？”

“我最近发现一家很神奇的商店，那里卖的减肥药效果特别好，我需要再买一个疗程。不过那家商店在黑森林[1]的外边，需要三个小时的车程，我最近实在没有力气，我很担心我一个人开不过去，所以希望你可以和我换着开，你能陪我过去吗？”

“当然没问题。”我突然好奇起来，是什么减肥药可以在一个星期内减去人身上这么多脂肪？维尼熊劝我不要去，他说他有一种不太好的预感，我说我如果拒绝布蕾先生，他一定会崩溃的。

“那好吧，你把我带上。”维尼熊跳进我的书包里，布蕾

[1] 黑森林包裹着我们居住的这个小镇，如果需要去外地，必须穿过黑森林，不过最近几年很少有人外出。

先生不停地催促我，他说一定要趁着天黑之前赶回来，否则我们很容易在黑森林里迷路。

大概开了四个小时（不好意思，我开车技术很差）我们才到达那家商店门口，这是一间用石头砌的房子，入口很小，需要弯着腰才能走进去。一进去我就撞上了一只巨大的蝙蝠，他本来是在倒挂着睡觉，被我吵醒后很不高兴，朝我呲牙咧嘴地叫唤着。再往里走几步，就到了一个比较宽阔的大厅，巨大的木头吊灯悬挂在大厅正上方，吊灯下面摆着一张水晶桌子，一个披着绿色羊毛毯子的妇人正在上面制作布娃娃，这些布娃娃各个面部狰狞，我都不敢仔细看。

“红头发太太，不好意思，今天来晚了。”

“哦……”那位叫“红头发太太”的妇人抬起头，由于头发过于茂盛，我都看不清楚她的模样，“药已经熬好了，你去右边柜子里第三个抽屉里取吧。”

“可是我的右手食指指甲已经快用完了，还有什么替代品吗？”

“那只能等它长出来喽。”

“我等不及了。”

红头发太太笑了一下，露出了灰色的牙齿。她慢慢站起来，上半身靠近布蕾先生，用手指着布蕾先生的右手食指说：“你可以把食指切一小块放进药里一起熬，效果是之前的三倍。”

“啊，需要把自己的食指放进去一起熬？”我捂着嘴巴尖叫一声，这个药方也太可怕了。

“嘘……”红头发太太慢慢转过身，“小贡丸，你这样尖叫又会把那只蝙蝠吵醒的，他醒来后喜欢吃人的血，特别是B型人的血，我猜，你应该是B型吧。”

“你……你怎么知道我的名字和血型？”我被吓得倒退几步，书包里面的维尼熊紧紧地缩成一个球形，顶在我的腰部，让我觉得很不舒服。

“我有这个。”红头发太太从羊毛毯子里掏出一个水晶球，“我知道小镇上所有人的秘密，包括你的秘密。”

难道她知道维尼熊会看报纸、台上的花儿们会说话？我不敢和红头发太太对视，只好把目光定在她的羊毛毯子上，我发现羊毛毯子上绣着一个类似人眼的标志，我在核桃先生的袜子上也见过这样的图案。莫非他们在同一个商店里买的。

“不要害怕，贡丸小姐，我不会说出去的。”红头发太太慢慢地转过身，再一次靠近正在思考要不要切食指的布蕾先生，只见她从羊毛毯子里掏出一把匕首，递给布蕾先生，“用这把匕首割手指不会疼的，我卖给你25个楚。”

布蕾先生脸上的汗珠开始冒出来，越冒越多，多的像豆子一样。维尼熊在后面小声地说：“阻止布蕾先生！阻止布蕾先生！”我深吸了一口气，鼓起勇气走到布蕾先生后面，死死拽住他的衣角，让他不要买。

“要不……让我再想一想，红头发太太你能给我一杯水吗？这里实在太热了。”布蕾先生终于冷静下来。

“哈哈，当然可以，桌子上有一壶刚泡好的茶，你喜欢的话可以尝尝。贡丸，我这里有一些好看的杯子，你可以过来这边看看。”红头发太太发出像猫叫春一般的笑声，让人毛骨悚然，这种害怕让我不敢拒绝她的邀请，只好跟着她走进另外一个房间。

这间房间比较小，正对门口的一面墙壁上挂满了各式各样的杯子。当我靠近墙的时候，所有的杯子都睁开眼睛，其中几个甚至都开始说话，好像在说“第四排的橙色先生，你的邻居来了”。我抬起头，在第四排杯子中间居然发现了橙色太太家那个摔碎的咖啡杯！接下来，我又在第七排看见了茄瓜先生装花汁的咖啡杯！

“你楼下的迷迭香小姐昨天买走一个蓝色玻璃的咖啡杯，这可是我最喜欢的咖啡杯，用这个杯子喝咖啡的人会有一段很奇妙的经历喔。”红头发太太抿着嘴微微笑着，这模样让人想起猫头鹰，可是猫头鹰怎么会笑呢？我开始自相矛盾了。

“什么经历？你能告诉我吗？”

“我只会告诉买杯子的人，你想买一个吗？”

“我想先看一下。“我随手拿起一个高脚咖啡杯，这个咖啡杯立刻朝我妩媚地眨眨眼睛，维尼熊在背后悄悄地说：“放下它，它会让你失去记忆！”

“不喜欢这个高脚咖啡杯吗？”

“嗯……我现在不是很喜欢喝咖啡了，我还是看看别的东西吧。”

“那你改天过来看吧。”红头发太太瞥了眼我的背包，突然脸色一变，“对了，如果天黑之前你回不去小镇，只能留下来和我作伴，晚上我的蝙蝠会出来喝人血哦。”

“那……那我还是赶紧回去吧。”我连忙跑回大厅，布蕾先生已经在桌子上睡着了，我摇醒布蕾先生，跟他赶紧开车往镇里赶，走了好远还听得见红头发太太猫叫春一般的笑声，这个商店实在太可怕了。

3

布雷太太正在楼底下晒被子，我抱着维尼熊站在阳台上偷窥她。

“你说那位诗人为什么会喜欢一个又肥又老、唱歌又跑调的家庭妇女。”

“因为他是诗人，诗人拥有非常人的思维模式。”布蕾太太正弯着腰整理衣服，硕大的屁股正好对着维尼熊，维尼熊眉头马上拧成了一团。

“布蕾太太和我说蝴蝶结先生天天给她写诗呢。”

“是吗？念一首来听听。”

“我只记得其中一首——”我清了清嗓子，开始回忆那首古怪的情诗。

那些沉默如迷的呼吸

——送给我最爱的格蕾丝小姐

这个沉闷的下午，连呼吸也会累了……
你会不会也像我一样，迷恋绿茶和蜂蜜的味道
我的世界里，为何总是听见你的脚步声
你在那里做什么？听什么？说什么？
还是在看博尔赫斯呢？
打个小小的哈欠，我总是很情绪化
如果把我的眼泪积攒起来
你说，是淡蓝色的多，还是深蓝色的多？
你不许讨厌我，我是一个胆小的精灵
那些古怪的咒语，我真的记不住了……

“古怪的咒语？”维尼熊摸了摸下巴，似乎很好奇这句话，“我总觉得布蕾太太出轨这件事很蹊跷，真的很像是被人诅咒了。”

“你觉得会不会是那个红头发太太，我觉得她实在太古怪了，还有她卖给布蕾先生的那个减肥药，为什么效果那么

明显？”

“她只不过让布蕾先生跟饿死鬼签了一个协议罢了，我也可以做到。”

“跟饿死鬼签协议？”我把维尼熊放在椅子上，很认真地盯着维尼熊的眼睛。

“哎呀，别这么认真地看着我，我会很紧张的。”维尼熊把我搭在他肩上的手拿下来，扭过头，把视线重新移到阳台外，“谁吃了自己的食指指甲，饿死鬼就会吃掉他身上一些脂肪，红头发太太只不过让饿死鬼多吃了一些布蕾先生的脂肪而已。”

“那为什么你要阻止布蕾先生把食指剁下来做药方？”

“食指如果剁下来就是跟饿死鬼签了卖身契，饿死鬼会在一夜之间把布蕾先生吃到只剩下一副白骨！”

“原来如此……那现在怎么办？布蕾先生不能减掉肚子，布蕾太太就不会回心转意了。”

“跟布蕾先生的肚子无关，贡丸，是谁告诉你布蕾太太有外遇这件事情。”

“是一条叫瓦卡的拉布拉多犬。”

“我们去找找他吧。”

瓦卡是这栋楼看门人煤灰先生的狗，白天很少见到他，只有晚上他才会出来遛达。大楼里没有一朵花知道瓦卡的八卦消息，他似乎不怎么和人来往，是一条很低调的拉布拉多犬。不过让人失望的是瓦卡今晚并没有出现，煤灰先生倒是出现了两次，喝得醉醺醺的，扯着嗓子吼着那首谁也听不懂的山歌。

“煤灰先生，你看见瓦卡了吗？”

“瓦卡呀，他好像去隔壁大楼约会去了，那栋大楼最近来了一条小母狗，屁股滚圆滚圆的，我们家瓦卡的魂都被她勾走了，哈哈！”

“那他什么时候会回家？”

“这个很难说，也许今晚不回家了，我年轻时候也是这样的。”煤灰先生摇摇晃晃地走下楼，估计又要去小酒馆加满他的酒瓶了。我和维尼熊相对叹了口气，也许今晚真的找不到瓦卡了。可是当我们准备上楼的时候，突然瓦卡出现在走道里，我刚要说话，瓦卡对我们“嘘”了一声，似乎很担心会被人听见，然后示意我们跟他走。大概走了十分钟，我们到了小镇的中心花园，瓦卡停下来，转过身坐了下来。

“嘿，你们俩这样找我很危险的。”

“危险，难道我们被人监视了吗？”我掏出手帕垫在草地上，抱着维尼熊盘腿坐下。

“也许吧，我总觉得这个小镇很古怪，不像我之前呆过的城市那么自然。”

“我也有这样的感觉，总算找到有共识的人了。”维尼熊伸出毛茸茸的熊掌打算与瓦卡握手，瓦卡迟疑了一下，伸出一只黑乎乎的狗爪，与熊掌叠加在一起。

“不过这个花园比较安全，因为我们的行动所产生的热量会被这些八卦的花儿们吸收。”

“你好像知道很多事情。”我突然对瓦卡好奇起来，他似乎有很多有趣经历。

“哦，我只是不怎么和大楼里的花儿们说话而已，你们找我做什么？”

“关于布蕾太太出轨的事情。”

“哦，这件事……”瓦卡歪着脑袋开始思考起来，“其实我去年圣诞节就预感布蕾太太会发生外遇。”

“去年圣诞节？”我开始回忆去年圣诞节我在做什么？我应该是在核桃先生家里吃晚饭，我还记得餐桌上那只硕大的火鸡，味道好极了。

“去年圣诞节我给煤灰先生的母亲送圣诞节礼物，走累了，就在樱桃街上一幢红色房子前休息了一下。我看见屋里一本摊开的书发出“嘭”的一声，接着就开始冒火花，我以为着火了，所以不停的敲打窗户想吸引主人的注意，可是火花很快就消失了，紧接着我看见布蕾太太和蝴蝶结先生的名字浮现在书的上方，然后就有一个褐色头发的男人跑了进来，他把书合上，名字也跟着消失了。”

“那是核桃先生的房子！”我尖叫起来，“整条樱桃街只有他的房子是红色的，那晚我也在他家里，你说的那个房间应该是他的书房。”

“那你们在书房做了什么？”维尼熊扭过头问我，“我需要细节，尽可能回忆细节。”

“我记得我在书房偷看核桃先生的日记，这不是一个女朋友该做的事情，可是我当时实在太好奇了。他的书桌上摆着一本很大的日记本，里面写了很多我不知道的事情，但是提到的大部分人我都认识，比如布蕾太太、迷迭香小姐、小羽毛女士。”

“女人天生适合当特务。”瓦卡打趣地说，顺便换了个姿势躺下来，“你看之后就离开了吗？”

“应该是吧……”

“那他日记上都写了些什么？”维尼熊干脆转过身，和瓦卡并排坐在一起，好像在审问我。

“我记得他最后一句话是‘布蕾太太遇见了蝴蝶结先生’。我不知道核桃先生为什么写那句话，甚至想去问他接下来想写什么，但是又很害怕他发现我在偷看他的日记，所以听见他挂掉电话我就跑了出去。”

“难道是核桃先生施了咒语，让蝴蝶结先生爱上布蕾太太？”维尼熊像是在自言自语，我很快打断了他的话，用很严厉的语气警告他不许说核桃先生的坏话。

“那核桃先生接下来还写什么了？”瓦卡坐累了，站起来伸了个懒腰。

“我也不知道，我当时猜测这会不会是布蕾太太的情人——对了，我想起来了，我对着日记本说‘蝴蝶结先生会不会是布雷太太的情人了？’，然后我感觉日记本开始颤抖，我以为是我的错觉，所以赶紧跑了出去。”

“噢……”瓦卡像是明白了一件很难懂的事，“那本日记本一定以为你打算这样安排两个人的剧情，所以才会冒出火花。”

“那我们对日记本说布蕾太太继续爱着布蕾先生，问题不就解决了吗？”我突然兴高采烈起来，因为我找到了解决问题的关键。

“可是那本日记本是核桃先生的，你确定他会借给我们用吗？我一向觉得这个人很神秘，虽然他是你男朋友。”维尼熊把双手交叉放在胸前，似乎觉得我的方案很不靠谱。

“核桃先生一向喜欢搜集很奇怪的东西，我还在他家见过会走路的巧克力豆呢，请不要污蔑我的核桃先生。”我生气了，假装要离开，不过瓦卡和维尼熊都没有留住我的意思，我只好乖乖地坐下来。

“我觉得可以让贡丸找到那本日记本，毕竟这是解决问题的关键！”三个人沉默了很久，最后瓦卡忍不住站起来，抖了抖身上的树枝，“我该回去了，否则煤灰先生会把门给反锁上，你们也该回去了。”

“好吧，谢谢你，瓦卡。”维尼熊也站起来，对着我伸出熊掌想让我把他抱回去，我假装没领会，一个人气呼呼地往前走，我真的很讨厌别人说核桃先生的坏话。

4

核桃先生说他这两天要去外地，如果我要去他家，可以在入口的信箱里拿钥匙。我在核桃先生家里找遍了所有柜子都没有看见那本日记本，我想他应该是把那本日记本带走了。我开始发愁起来，因为前天我看见布蕾太太和蝴蝶结先生手牵手在公园散步，难道他们的关系已经明朗化了？

我决定去找找布蕾先生，我真的很担心他会切掉自己的食指，他最近又减去了一部分脂肪，导致相貌都发生了极大改变：眼眶变深，嘴唇变薄，最可怕的是皮肤开始出现很深的皱纹，整个人老了十岁，整幢楼的花儿们都为他担心起来。

布蕾先生不在家，布蕾太太居然在家，我担心蝴蝶结先生会不会又在她家喝下午茶，所以站在门外不敢进去。

“贡丸，为什么你不进来呢？”

“我……我担心你家里有客人。“

“没有客人，就我一个人在家，快进来吧，我做了一些小糕点，你正好可以尝一下。”

“我不吃咸芝士味道的点心。”

“是抹茶味道。”布蕾太太笑眯眯地望着我，眼神里充满了热情，弄得房间里的空气都跟着温暖起来，“我还煮了一些热巧克力，搭配着一定很好吃。”

我还是很紧张，担心客厅里又出现一个奇怪的人物，不过这次我的担心似乎是多余的。客厅里干干净净的，没有树枝，也没有奇怪的诗人。

“布蕾先生去哪了？”

“我让他去买一些火腿，最近他瘦得太厉害了，我得煮点汤给他补补。”

“你们……和好了？”我小心翼翼地问着布蕾太太，生怕一不小心踩爆一个地雷。

“和好？我和谁和好？”布蕾太太一脸茫然地望着我。

“呃……”我打住自己接下来要说的话，大脑以两倍加速运转，莫非那本日记本已经被人改过了？那我现在是不是也要假装什么也不知道？“我以为你们昨天吵架了，因为昨天晚上没有见到你们去餐厅里跳舞。”

“哈哈，小傻瓜，我们昨天在家里吃饭呢。”布蕾太太大笑起来，由于动作幅度太大，以至于我看到她的双层下巴以及脖子上那些褶皱，还有她肚子上的赘肉，极像绑上了一个游泳圈。我突然觉得这样的布蕾太太才是最真实的女人，尽管她并不美丽，甚至还丧失了一些女人最迷人的特称，不过却能给人一种安全感甚至暖意，和那些过了花样青春还把毫无弹性的赘肉拼命塞进塑身内衣的老女人相比，她更乐意享受自己年龄带来的趣味。

我问维尼熊要不要去问核桃先生是不是修改了日记本，维尼熊说这是我们俩之间的事，他不方便给意见，我想了想，还是算了吧，至少布蕾太太回到布蕾先生的身边了，这已经是一件很开心的事了。

五、迷迭香小姐的谎言

我总觉得天上那朵云在跟踪我，我去面包店买点心时，它就躲在高高的房子后面，我去咖啡店买可可粉的时候，它就藏在大大的榕树旁边，我跟核桃先生说那朵云真讨厌，核桃先生在电话那头发出轻微的笑声："也许，那朵云喜欢上你了吧。"

云怎么会喜欢上我？核桃先生最近一定是太忙了，总是说出一些奇怪的话，比如他居然建议我把维尼熊扔掉，因为他觉得维尼熊跟大楼里的花儿们关系太密切了，很容易招惹事非。我可不会把维尼熊扔掉，他会帮我晾衣服，还会给我开门，可是为什么今天晚上维尼熊不给我开门呢？我已经在门外敲了十五分钟了。

"嗨，维尼熊，你再不把门打开，我今晚就把你吊在阳台上睡觉。"

屋子里静悄悄的，没有任何人应答我，我只好去楼下找来开锁匠，开锁匠在门口捣鼓了半天，最后幽幽地对我说:“贡丸小姐，我怀疑你家进贼了，因为门被人从里面反锁了。”

“那怎么办？”

开锁匠从袋子里掏出一把锤子递给我，“先拿着，或许呆会儿用得上。”

我接过锤子，只见大门“嘎吱”一声被打开了，开锁匠猫着腰小心翼翼地走进客厅，我在后面紧紧跟着。客厅里一切物品摆放整齐，维尼熊斜躺在沙发上一动也不动，等开锁匠转身，维尼熊用手指了指阳台，我立刻领悟到他的用意，举着锤子靠近阳台。突然，我发现一双酱色的皮鞋藏在阳台门后面，我大叫一声：“上帝啊，赐我力量！让我亲手活捉住偷窃的人吧！”

那人被我吓得从门后面走出来，我一看，咦，这不是快递员奶酪先生吗？怎么跑我家来了？

“对不起，贡丸小姐，我不是小偷，我实在没有办法才爬进你家的。”

“所有贼在被抓住的时候都是这样解释的。”开锁匠很不屑地瞥了他一眼，不过见我没有任何动作，只好悻悻地离开，走的时候还不忘从我手里拿回他的锤子。奶酪先生站在阳台上瑟瑟发抖，我让他赶紧进来，顺便给他倒上一杯热可可。

“谢谢你，贡丸小姐，阳台上的风可真大啊！”

“奶酪先生，你能告诉我为什么你要进来我的房间，我今天可没有快递呀。”

奶酪先生脸立刻就红了起来，开始用酱色的皮鞋不停地磨蹭地面，过了好一会儿才继续说话：“嗯……嗯……其实我是去迷迭香小姐家里，她家来客人了，所以……我就爬到你家来了。”

“哦……”维尼熊突然若有所思地发出声音，把奶酪先生吓了一跳，我赶紧插进一个话题，顺便打发奶酪先生离开。维尼熊翘起二郎腿，用一种很鄙夷的口吻说话：“我就知道迷迭香小姐根本不是一位淑女！”

“维尼熊，你是不是知道什么秘密，快告诉我！”

“她家花儿们说她每周三晚上都会和奶酪先生约会，但是全镇的人都知道她是纯净水先生的女朋友！”

天哪！简直太不可思议了，迷迭香小姐是我见过最温婉的女士，她会在夏天披一件纱质的蕾丝披肩，搭配着细跟的圆头高跟鞋，用拇指和食指掐着一把小花伞；等到天稍微冷一点儿的时候，她会穿上一件竖领的双排扣大衣，戴着一顶半个鸡蛋壳形状的帽子，喝咖啡的时候还要先摘掉镶着水晶扣子的羊皮手套。我之前一直怀疑核桃先生是不是暗恋她，因为她太符合核桃先生对淑女的定义了，简直就是根据核桃先生的喜好制造出来的。

“如果我没猜错，纯净水先生现在一定在迷迭香小姐家里，所以奶酪先生才会爬进咱们家阳台。”维尼熊摆出一副已经了解事实真相的模样，“可怜的纯净水先生还被蒙在鼓里，他现在一定还在享受着他的女朋友精心调制的卡布奇诺，完全不知道他打扰了奶酪先生和迷迭香小姐的甜蜜约会。”

我吐了吐舌头，表示很诧异。纯净水先生住在我们镇上最漂亮的别墅里，每天上午他都会带上他那条名贵的斑点狗去打猎，然后把猎物挂在敞口的跑车后面，边开车边吹着口哨从最繁华的市中心穿过。奶酪先生是我们镇上一个普通的邮递员，每天骑着他的破单车给每个用户送快递，如果纯净水先生知道这个邮递员其实与他共享同一个女人的温柔时，会作何反应？我想这就是八卦的有趣之处。

1

我本来打算对这件事假装不知情，可是迷迭香小姐却主动约我见面，我在衣柜里翻来找去，始终挑不出一件淑女的衣服，看报纸的维尼熊受不了了：“嗨，贡丸，你打算穿一件晚礼服去见那位假淑女吗？”

“对哦，她是一位假淑女，我不用精心打扮自己了。”我突然放松了很多，可是又一想，我这样来形容迷迭香小姐是不是不太好，于是我又纠结了好一会儿，最后决定穿一条红底黑点的泡泡袖连衣裙，从后面看很像一只直立行走的草莓。

今天天气很糟糕，小雨淅沥淅沥下个不停，鞋离开地面都会带起一路的水，我费了好大的劲才从家里走到咖啡馆，迷迭香小姐已经坐在里面了。她点了一杯拿铁，正在专心地看着当日的报纸，一点儿也看不出来她是一位假淑女。

“对不起，迷迭香小姐，我迟到了。”

“贡丸小姐你来了，你想喝点什么？今天天气这么糟糕，要不来杯热巧克力吧。”

“那好吧，给我一杯热巧克力。”服务生端来一杯热巧克力，我发现我的咖啡杯很有意思，居然设计出两个杯柄，杯口其中一处缺一块嘴型大小的半圆，非常方便人喝咖啡。不过，迷迭香小姐的咖啡杯却是一款很普通的咖啡杯，难道热巧克力需要用特殊的杯子装吗？

迷迭香小姐翘起兰花指端起咖啡杯，微微张开嘴唇，抿了一口拿铁，又掏出一块洁白的手帕擦了擦嘴角的残汁，这才开始开口说话：“贡丸，上一次奶酪先生爬进你家里，实在对不起。”

“奶酪先生什么都没有跟我说。”我慌忙解释，可是迷迭香小姐似乎并不介意这件事情，她好像认定我已经知道整件事情的来龙去脉，其实如果她否认，我也许会觉得这一切只不过是维尼熊过于敏感而已。

“其实我和奶酪先生是一对青梅竹马的情侣，我们从小就在同一个院子里长大，奶酪先生说等他成年之后他一定会把我娶回家……可惜还没等到他长大，我爸爸就欠了纯净水先生家里一屁股债，爸爸卖光了我们家所有的东西，都不够还债的，我不得不委曲求全做了纯净水先生的女朋友，否则我爸爸一定会被纯净水先生送到监狱里去的。”说到这，迷迭香小姐一把抱住我，豆大的眼泪从眼眶里一个劲儿地冒，好像她的心碎掉了一样，我只好递了一块手绢给她，迷迭香小姐接过手绢，一边哭，一边擦着眼泪，手绢湿得不能再用的时候就用双手拧一下，不一会儿，我脚下的一小块地方就变的湿漉漉了。

“迷迭香小姐！”我摇晃着她的肩膀，在她耳边大声喊道：“不要哭了，你应该为自己的行为感到羞愧，一个像你这样淑女的小姐，应该有一颗勇敢的心！”

“呜呜呜，我害怕纯净水先生知道我的秘密后，一定会逼我爸爸还钱，贡丸小姐你知道我有多委屈吗？我被迫放弃我的爱人，就是为了给我爸爸还债。”

“我可以明白你的苦衷。”

“贡丸小姐，谢谢你……”迷迭香小姐终于止住眼泪，可怜巴巴地望着我，我像中了魔咒一样对迷迭香小姐的话深信不疑，甚至我还落下了几滴眼泪，迷迭香小姐实在太可怜了。

2

从咖啡馆出来之后，我特意绕道去找了核桃先生，他正在院子里看一本很厚的书，我的突然出现把他吓了一跳，不过很快他就把我带到温暖的客厅，给我倒上一壶热气腾腾的花茶。我一把鼻涕一把眼泪地跟核桃先生讲述迷迭香小姐的悲惨遭遇，核桃先生皱着眉头，一副深表怀疑的模样。

“核桃先生，你不觉得迷迭香小姐很可怜吗？”

“我只是在怀疑这个故事的真实性。”核桃先生望着天花板，用左手来回摸着下巴。

“这个故事就是真实的，为什么你还要去怀疑？你太让我生气了！”我觉得核桃先生简直不可理喻，居然还要去怀疑可怜的迷迭香小姐撒谎。

“你先别激动，我的小贡丸，让我仔细想想，究竟是哪里出了问题。”核桃先生给我续上一杯花茶，然后起身走进书房。我伸长脖子，眼神跟随着核桃先生移动，只见他从书架上拿下一本书，然后认真地坐在书桌前阅读起来，这本书长得很像我之前见过的那本神奇的日记本，可是它为什么会在书架上？我上次可是翻箱倒柜都没有找到它！

核桃先生认真地往前翻阅着那本日记本，有时候还会在某一页停留数十分钟。大概过了两个小时，我都睡了一觉醒来，核桃先生才从日记本里抬起了头，只见他长舒一口气，合上日记本，起身把它重新放回书架（虽然我牢牢记住了日记本的位置，不过我再回来寻找时，它又不在书架上了）。

“不好意思，小贡丸，我知道哪里出了问题。”核桃先生走过来，微笑地抚摸着我的头。

“哪里出了问题？”

“红头发太太估计向迷迭香小姐推荐她家杂货店的最新产品——‘谎言和真实’咖啡杯了。”

“‘谎言’咖啡杯是什么？”

“嗯……”核桃先生向我靠近了一些，顺便搂住我的肩膀，“‘谎言和真实’是一对很奇怪的杯子，人们用‘谎言’杯子喝了水，就会对面前人的话深信不疑，哪怕她在撒谎，不过如果再用‘真实’杯子喝水，谎言就会被识破。其实‘谎言和真实咖啡杯本来是用来测试人有没有撒谎的工具，我想红头发太太一定是老糊涂了，居然把它们单独出售。”

“核桃先生的意思是红头发太太卖给了迷迭香小姐‘谎言’咖啡杯喽。”

“应该是这样的。”

“哼！”我气愤极了，双手用力地拍着桌子，差点把茶杯震到地上去，“核桃先生，我很严肃地告诉你，我一点儿都不喜欢你了！你一点儿都不善良，你居然把这样恶毒的猜测强加在可怜的迷迭香小姐身上，这根本就不是一位绅士的行为！我必须离开你家，否则我觉得连我都会受到侮辱！”

“噢，我的小贡丸，我一定要尽快给你找到‘真实’咖啡杯。“核桃先生无可奈何地摸了摸我的头，不过我很迅速地躲开了。两个人僵持了几分钟，我决定起身回家，核桃先生看了看窗外，小雨似乎变成了大雨，于是他便请求我吃完晚饭再走，不过被我拒绝了。

“再见，绅士！”

“再见，贡丸小姐。”核桃先生朝我苦笑了一下，并且坚持把我送到了巷子的尽头。

3

奶酪先生突然死了！

警察在奶酪先生家里找到他的尸体，初步判断是中毒身亡，可怜的奶酪先生口鼻流出黑色的血，手指甲全部发黑，样子可怕极了！

“一定是被人投毒！”维尼熊气愤地扔下当天的报纸，报纸首页刊登着一幅巨大的奶酪先生死亡的照片。

“报纸上说是谁下的毒？”

“没说，但是有人报料说纯净水先生与奶酪先生曾经发生过口角。”

“天哪，他们一定是怀疑纯净水先生了。”我捂着脸开始尖叫。

“也许是因为纯净水先生知道了事情的真相，所以才把奶酪先生毒死的。”维尼熊翘起二郎腿，做沉思状，不过很快他又推翻了自己的判断，“可是如果纯净水先生知道了真相，应该先和迷迭香小姐分手，再毒死奶酪先生才对，但是今天早上花儿们还看见纯净水先生在迷迭香小姐家里喝咖啡。”

正当我和维尼熊探讨着奶酪先生中毒的问题，突然听见窗外传来了尖锐的警笛声，紧接着阳台上的花儿们跟着尖叫：“警察来了！警察来了！”我和维尼熊赶紧跑去阳台，一大批警察把这栋楼团团包围，并且拉了一条长长的警戒线。买菜回来的布蕾太太被挡在了警戒线之外，想赶回家做饭的她只好大声地呵斥身边的警察，要求让她回家，不过这样子的呵斥没有任何效果，最后气呼呼的布蕾太太被一个瘦高的警察带进了警车里。

又过了一会儿，一辆长得像方形面包的警车开到了警戒线里面，车里下来一个胖胖的警察，由于他太胖了，以至于下车的时候还需要一个警察扶着他。只见他走到了一块空地处，从包里掏出了一个大喇叭，然后清了清嗓子：“十二楼的纯净水先生，你已经被我们警察包围了，请主动下楼自首，否则我们将派出最强壮最勇猛的警察捉拿你！”

胖警察说话的声音很大，立刻把我家阳台上的一株水仙给震昏过去，可是楼上的迷迭香小姐家里似乎没有任何动静，难道他们已经离开了吗?

很快，我就听到一大群警察上楼的脚步声，我悄悄地打开一条门缝，哇！全是拿着机关枪的警察，把我吓得又赶紧把门给关上了。楼上传来“嘭”的一声巨响，应该是门被撞开了，迷迭香小姐立刻发出一声恐怖的尖叫声，紧接着我的天花板上聚集了很多脚步的交错声，还有东西撞击地面的声音，场面应该混乱极了。

“纯净水先生，我宣布你被逮捕了！”那个胖警察终于爬到 12 楼，气喘呼呼地拿起大喇叭说话，刚才被震昏的水仙花再一次昏了过去，维尼熊气得直跺脚。

我再一次打开一条门缝，看见脸色惨白的纯净水先生被警察带下楼，胖警察走在最后，吃力地挪动着肥胖的腿。楼下的警戒线被撤掉，布蕾太太终于可以回家做饭了，她边上楼边骂骂咧咧，整个楼道都是她说话的回声。

“贡丸，你是不是该去看看迷迭香小姐？”正在照顾那株水仙花的维尼熊抬起头问我。

“我过会儿就上去看看她。”我给自己倒了一杯水，闷闷地坐在沙发上。其实我在思考一个问题，这个问题与核桃先生有关系，可是我又不敢确信是不是与核桃先生有关系，总之，我现在非常想知道这个问题的答案。

“贡丸，你应该去看看迷迭香小姐！”维尼熊突然大声地叫唤，把正在集中精力思考问题的我吓得从沙发上跳了起来，等我清醒过来，发现维尼熊已经怒气冲冲地站在我跟前了。

“我在思考问题啊！”我也生气了，不过我还是乖乖地走到门口。

“你在思考什么问题？还有，你打算去哪里，是迷迭香小姐家里吗？”维尼熊连续问了三个问题，不过我打算一个问题都不回答他，难道我要告诉维尼熊我怀疑核桃先生在日记本里设计了奶酪先生的死亡？！

“我——不——会——告——诉——你！”我把门狠狠地关上，兔子一样跑下楼。

4

我向布蕾先生借了他的老爷车，在这个该死的下雨天，花了五个小时才到红头发太太的杂货店。门口的蝙蝠还在睡觉，我踮着脚尖绕过他，径直走到大厅，红头发太太并不在这里，于是我又去了卖咖啡杯的房间，依然没有看见红头发太太，我沮丧极了。

“蝙蝠先生，你知道红头发太太去哪里了吗？”

蝙蝠没有理我，而是有节奏地打着呼噜，我忍不住去摇晃他，过了许久他终于醒了，开始呲牙咧嘴地望着我，眼珠像是被火点着了，我被吓了个半死，拔腿就往车里钻。刚关上车门，蝙蝠就扑了过来，朝着车玻璃不停地抓挠，我用力踩下油门，穿过几棵长歪了的老柳树，终于把蝙蝠给甩掉了。

可是，我好像在黑森林里迷路了。

我开着老爷车在黑森林里走呀走，大概走了好几个钟头，终于看见一点亮光。我不敢靠近，因为小镇上流传着黑森林里太多的恐怖传说，我只能不停地按着喇叭，我希望发出亮光的是小镇的人，而不是传说中的妖魔鬼怪。突然我听见有人在呼唤我的名字，我摇下车窗，声音更加清晰了，好像是核桃先生的声音，于是我大声地回应："核桃先生，我在这，我在这。"

车的左边渐渐出现一个火光，等火光慢慢靠近，我看见穿着雨衣的核桃先生，他左手举着火把，右手拄着拐杖，帽沿由于沾了雨水，紧紧地贴着面颊。

"核桃先生，你在找我吗？"

"这话应该我来问你才对。"核桃先生抖了抖身上的雨滴，"你居然一个人跑出了小镇，难道你不知道黑森林很危险吗？"

"我只是想去找一下红头发太太。"

"你找她做什么？"核桃先生很惊讶，甚至还有点生气。

“呃……”

“她不会告诉你的。”前面的火光传来一个声音，一个黑影从火光中走出来，慢慢向我们靠近，黑影所到之处都亮堂起来，可是我却依然看不清楚黑影的真实面容，等到亮光铺到我们跟前时，我才发现这个黑影居然是红头发太太！

“你怎么会在这里？”核桃先生似乎认识红头发太太，他警惕地站在我前面，把我拉到他的背后。

“我担心你的小贡丸迷路呀，所以特意来这里等她。”红头发太太咧开嘴笑了笑，我又看见她的灰色牙齿，牙缝里似乎还残留某些肉类的碎屑。

“红头发太太，你可以告诉我你是不是卖了一个‘谎言’咖啡杯给迷迭香小姐？”我实在忍不住了，只好朝着红头发太太大喊一声，我这样的行为导致核桃先生气愤极了，他不得不转过身用极其凶恶的眼神盯着我。

“看来贡丸小姐对于这件事耿耿于怀。”红头发太太慢慢向我们靠近，她走了几步停了下来。

“红头发太太请回答我的问题！”我再次郑重地提出要求，这让核桃先生更加生气了。

“够了！贡丸小姐，请你快点回到车上去！”核桃先生朝我大吼一声，这是我认识核桃先生之后第一次见到他发这么大的火，我不得不乖乖地上车，核桃先生和红头发太太耳语了几句，也转过身上车。车快发动的时候，我突然在车窗上看见了红头发太太的脸，她笑嘻嘻地对我说："我的小贡丸，你的核桃先生掌握着镇上所有人的命运，你去问他吧，我这个老太婆可解答不了你的问题。"我正准备再问她几个问题，红头发太太的脸却很快消失不见了。

回来的路上，核桃先生一言不发，我害怕极了，在他旁边一动也不敢动。到家的时候已经是凌晨两点了，我看见我家的灯还是亮的，估计是维尼熊还在等我回家。核桃先生把车停在布蕾家的车位，然后把我送上楼，我本来打算问他要不要进屋喝些热水，不过他一直不说话，我只好作罢。

维尼熊小心翼翼地问我是不是与核桃先生吵架了，我想了半天，还是跟维尼熊说了实话。

"我怀疑核桃先生故意杀死了奶酪先生！"

"为什么？"

"这事要从上个星期说起，我告诉核桃先生迷迭香小姐的悲惨故事，核桃先生居然不相信我说的话，还说是因为我喝了迷迭香小姐从红头发太太买来的'谎言'咖啡杯，所以我才对迷迭香小姐的谎言深信不疑。后来我又发现核桃先生翻出了那本神奇日记本，他一定是在上面写了一篇新的日记，这篇日记肯定与奶酪先生的死亡有关系！"

维尼熊听完我这番话，开始陷入沉思状态，过了许久，他终于开口了："嗨，贡丸，做事要讲证据，你这样凭空想象污蔑核桃先生，甚至一个人开车去找红头发太太求证，确实会让核桃先生很生气。"

"可是我还是怀疑他。"

"我建议你直接去问核桃先生好了，猜测可是这个世界上最不好的沟通方式！"

"好吧……"我困了，连续打了好几个哈欠，我决定睡醒之后再去问核桃先生这个问题。

5

核桃先生并没有回答我这个问题，他似乎已经忘记了那晚的事情，只是跟我说今天天气真好之类的话，并且还给我泡了一壶荷叶茶。

"核桃先生，这个杯子有一个缺口喔。"我突然发现这个茶杯裂开了，核桃先生立刻转身给我换了一个杯子。这是我第二次见到有两个杯柄的杯子，与之前那个不同的是，这个杯子的杯口向上凸出了一个嘴型宽度的半圆，同样可以方便人喝东西。

"不好意思，家里只有这一个新杯子了。"核桃先生帮我重新倒上一杯荷叶茶，“荷叶茶很利于安神，你最近用脑太多，需要好好调养。”

虽然我之前夸奖过茄瓜先生自己晒的花茶不错，不过我还是最喜欢核桃先生家里的花茶，因为核桃先生会挑选我喜欢的花茶，而茄瓜先生眼里只有眼霜小姐，听说他们快结婚了。

“对了，下个星期纯净水先生与迷迭香小姐举行订婚仪式，我们给他们买一份礼物吧。”核桃先生漫不经心地说起这件事，我却惊讶到嘴巴张成一个圆形。

“可是纯净水先生不是被抓进监狱了吗？”

“奶酪先生自己那晚喝多了，一不小心把洗洁精当成水喝了下去，所以才中毒身亡的，而且警察局证明了奶酪先生中毒那天晚上，纯净水先生一直在迷迭香小姐家里打斯诺克。不过，迷迭香小姐并没有证明这一切，倒是你们那栋楼的管理员煤灰先生向警察说明情况的。”

“哦，这个案件这么离奇呀……迷迭香小姐为什么不去向警察证明纯净水先生是无辜的？难道是因为她还爱着奶酪先生，所以故意报复纯净水先生？”

“不知道……喝完这杯茶，我们就去挑选礼物吧。”核桃先生叹了一口气，似乎不想再解释什么，我只好也开始说今天天气真的很不错之类的话题。

6

纯净水先生和迷迭香小姐的订婚仪式是在小镇的广场草坪上举行。刚出狱的纯净水先生精神恢复得还不错，兴高采烈地开着香槟、切着蛋糕，旁边的迷迭香小姐也是笑脸盈盈，束腰鱼尾婚纱把她衬托得高贵迷人，此刻她正幸福地依偎在纯净水先生旁边，仿佛之前什么事情都没有发生过。

核桃先生与我坐在草坪的一角吃着点心，今天的酥皮点心很不错，我很开心地吃了五六个，然后打了好几个小嗝。不远处，布蕾先生正在和一群人跳着舞，今天布蕾先生穿了一件奶白色的蕾丝褶皱衬衣，搭配着一件暗红色的小背心，下半身是一条天鹅绒黑靴裤，衬着一对褐色高帮靴，整个装扮很是风骚。他连续跳了三只舞曲，最后不得不停下来休息，于是拉着核桃先生聊天。

趁着他们聊天，我又去拿了一些酥皮点心。正当我盯着这迷人的小点心出神时，突然有人拍了下我的肩膀，我转过身，居然是迷迭香小姐。

“我的小贡丸，你最近过得怎么样？”迷迭香小姐似乎想和我套近乎，不过我对此并不感兴趣，半天才挤出两个字“还好”。

“对于奶酪先生的死，我很难过，不过既然已经过去了，希望大家都尽快忘记这件事。”迷迭香小姐用力挤出几滴眼泪，正好落在我的手背上，我把手甩了甩，很是厌恶。

“可以停止表演了，迷迭香小姐，”我压低声音，眼神落在迷迭香小姐的蕾丝长袖上，“对于你的美丽台词，我确实很欣赏，不过你放心，我不会和任何人提起这些美丽台词。既然奶酪先生已经意外离去了，那么，接下来的日子请你专一地爱纯净水先生。”

迷迭香小姐惊愕地看着我，眼珠仿佛要从眼眶里跳出来，不过很快她就恢复了常态，轻轻地叹了一口气：“好吧，以后我们也尽量减少来往吧。还是谢谢你，贡丸小姐。”

“不用谢！”我抬起头，好像看见了维尼熊，不过很快他就消失不见了。

突然，迷迭香小姐发出一声尖叫——“不要喝！”我转过身，天哪！纯净水先生居然端着‘真实’咖啡杯，我和迷迭香小姐同时向纯净水先生跑过去，想阻止他喝下杯子里的水，可是来不及了，纯净水先生已经把‘真实’咖啡杯里的水喝完了……

纯净水先生开始头晕目眩，他不得不找了旁边的椅子坐了下来，我和迷迭香小姐小心翼翼地靠近他，不敢和他说话。纯净水先生似乎很痛苦，只见他抱着头，脸上不停地冒汗，不知道发生什么事的旁人只能给医院打电话，大家以为纯净水先生喝醉了。

等到医院救护车赶到时，纯净水先生突然站起来，眼珠凸出，鼻孔撑大，一动也不动地瞪着草坪中间还未被吃完的婚礼蛋糕。大家正在思考纯净水先生“怎么了”时，纯净水先生搬起他坐的那把椅子狠狠地砸向婚礼蛋糕，连同摆放着婚礼蛋糕的桌子也被砸得稀巴烂。等到手上的椅子也被砸烂之后，纯净水先生终于停了下来，双手抱住膝盖蹲下来，医生准备冲上去抓住他时，纯净水先生又站了起来，跑向主席台拿起话筒，用手指着迷迭香小姐：

“迷迭香小姐，谢谢你努力欺骗了我这么多年感情，以至于我一直以为我得到了真爱，所以，就算我现在再生气再愤怒，我也可以原谅你。但是，请你记住，背叛就是背叛，没有任何一个投入感情的伴侣可以容忍爱人出轨，我确实可以原谅你，但是我再也不想见到你了。”

纯净水先生挥了挥手，似乎在向这个订婚仪式告别，迷迭香小姐瘫坐在地上，脸色煞白，我不知道如何安慰这个可怜的女人，只好尴尬地站在她的身边。很快，纯净水先生就开着他的跑车呼啸而去。等到听不见跑车的声音，迷迭香小姐才醒悟过来，在马路上不停地奔跑，希望可以追到那辆跑车，她那长长的鱼尾婚纱让她不停地摔倒，最后迷迭香小姐不得不趴在柏油马路上大声地哭泣。

我问核桃先生，是不是他把“真实”杯子拿到订婚仪式现场，核桃先生摇了摇头，他说最近的事情都不在他控制范围之内，他已经猜不出事情发展的结局了。

其实我不是很相信他的话，可是我又不得不相信，因为如果不相信自己爱人的话，这个世界都会崩塌，我害怕我的世界崩塌，因为我只有这一个世界。

六、花椰菜小姐的梦境

上夜班的煤灰先生从来不会在太阳落山之前出门，所以他根本不知道在我们这栋楼的对面街上新开了一家面包店。做面包的花椰菜小姐喜欢去超市购买剩下来的腌肉做晚饭，因为这个时候的腌肉会比白天便宜一半，所以花椰菜小姐会在每天下午的六点钟准时打烊，拎上她的菜篮子，哼着她喜欢的小曲，兴高采烈地朝超市走去。

可是今天煤灰先生突然在六点钟的时候醒了过来，因为他听见有人在敲门。很少有人会在这个时候拜访煤灰先生，大家都知道煤灰先生一整晚都在楼道里巡视，不过这位客人似乎没有任何离开的意思，煤灰先生不得不从被窝里爬起来。

“嗨，我是对面街上面包店里的花椰菜小姐。”门口站着一个胖胖的女人，满头褐色的头发被编成一个大辫子盘在脑后，一双眼睛像两粒花生米，眨来眨去，有意思极了。

“你……找我有事吗？”煤灰先生揉了揉眼睛，打了一个极其漫长的哈欠。

“今天店里还剩下一些面包，我想我一定吃不完，所以就拿了过来给你做晚餐。”花椰菜小姐从脚边拿起一个菜篮，掀开碎花布，里面整齐地摆放着几块面包。

“啊！那太谢谢你了。”煤灰先生不好意思地搓着手，他实在不知道拿什么东西回赠给花椰菜小姐，只好从阳台上扯了几束满天星给她。

“咯咯，我得去超市买打折的腌肉了。”花椰菜小姐笑了起来，露出一排干净整齐的牙齿。煤灰先生立刻清醒过来，一种非常奇怪的感觉，这是以前从来没有过的感觉，像是被电了一下。

等到花椰菜小姐走远了，煤灰先生才想起来，他居然是穿着睡衣出来开门的，而且他还忘了告诉花椰菜小姐他的名字。

煤灰先生懊悔极了，他决定给花椰菜小姐写一封信，邀请花椰菜小姐周末来家里吃晚饭。

亲爱的花椰菜小姐：

谢谢你送来的面包，我觉得很好吃，我打算邀请你这个周末来我家吃晚饭，不知道你是否有时间。

煤灰先生

煤灰先生把这封信小心翼翼地塞进花椰菜小姐的面包店里，等到第二天天亮，花椰菜小姐打开店门就可以看到这封信。想到这儿，煤灰先生开心极了。

但是第二天花椰菜小姐却告诉他，这个周末她需要和她的男朋友手指饼先生约会，所以没办法答应煤灰先生的约会。

一段美好的爱情美梦就这样破灭了。煤灰先生每天晚上在楼道里唱着悲伤的情歌，直到太阳出来，他才会回去睡觉。

我不知道如何安慰煤灰先生，只好给他送去一些安睡的薰衣草茶，维尼熊却建议我送给煤灰先生一个大锤子，他觉得煤灰先生的歌声实在太难听了，他很想把煤灰先生的吉他锤成碎片。

“维尼熊，你怎么能这样对待煤灰先生，他失恋了！”

“噢……我只是受不了他那驴一样的歌喉！”

“我觉得煤灰先生一定难过极了。”

“是吗？可是我听波斯菊们说煤灰先生今早出去逛街了，还买回来一只漂亮的咖啡杯。”维尼熊盘着腿坐在沙发上，他从肚子里掏出两团棉花开始揉搓起来，我想他一定打算今晚上塞住耳朵睡觉。

不过让维尼熊惊讶的是，晚上煤灰先生居然没有唱歌，天一黑他就拉上窗帘上床睡觉，于是整栋楼的人都开始不习惯起来。

1

今天的云朵像是被蒙上了一层灰色细纱，看上去无精打采的。我本来打算去摘樱桃，下楼的时候却遇见煤灰先生，准确的说他在楼道里等着我。

煤灰先生兴高采烈地告诉我，他找到一个很好的办法接近花椰菜小姐，不过他需要借我的桌布用一下。我告诉他我的桌布上有一个破洞，而且用了很多年都开始褪色了。煤灰先生却不介意，甚至他还拿走了我桌子上那半根蜡烛，他说花椰菜小姐喜欢檀香味道的蜡烛。

很少人会喜欢在吃饭的时候点燃檀香味的蜡烛，不过我还是很乐意把蜡烛借给煤灰先生，因为他帮我修好了坏掉的窗帘和总是漏水的马桶。

“煤灰先生，你怎么知道花椰菜小姐会喜欢我这块紫色小菊花图案的桌布。”

“我当然知道，我还知道她喜欢樱花花茶，你看，我找茄瓜先生买了一大罐。”煤灰先生得意地向我展示花茶，我却愈发好奇起来，缠着煤灰先生问个明白，不过煤灰先生急着回家准备晚宴，我只好把自己的好奇心憋了回去。

“其实你可以让波斯菊帮你监视煤灰先生和花椰菜小姐的

约会，虽然这样做挺不道德的。”等到煤灰先生离开，维尼熊终于从被子里钻了出来。

“我想偶尔做一次应该没问题吧。”我朝阳台上的波斯菊眨巴着眼睛，她们立刻明白了我的意思，紧接着整栋楼的波斯菊们开始互相吹起了口哨，直到传到煤灰先生阳台上的波斯菊耳朵里，我听见了她们在说：“好咧！包在我们身上。”

“女人都是八卦动物。”维尼熊朝着天花板翻了翻白眼，不过到了晚饭时间他却比我还积极，呆在阳台上等候波斯菊们的消息。

此刻的煤灰先生已经刮掉了满脸的络腮胡，脸上的皮肤由于久不见阳光显得苍白而没有血色，再搭配上一件黑色竖领外套，远远地看，像一个扑了面粉的神父，阳台上的波斯菊都快笑得直不起腰。

不过，花椰菜小姐却异常喜欢今晚的晚宴，她不止一次露出极其惊喜的表情，比如她看见了我那块旧桌布——破洞的地方被煤灰先生摆上了一个素色花瓶，插上一支睡着了的睡莲。

“噢，樱花花茶！”花椰菜小姐捧着脸蛋兴奋地尖叫起来，“煤灰先生，你是不是钻进我梦里去了。”

煤灰先生马上愣住了，手里的茶壶差一点儿就滑在地上，不过煤灰先生很快就意识到花椰菜小姐这句话只是为了形容她的惊喜程度，于是煤灰先生立刻恢复正常的表情：“呵呵，我也只是猜测，没想到你真的喜欢喝樱花花茶。”

“我一直喜欢喝玫瑰花茶，可是前晚做梦梦见我在喝樱花花茶，醒来的时候我还在说‘实在太好喝了’。”花椰菜小姐抿了一口花茶，接着又翘起兰花指从小碟子里舀起一勺橘子味道的冰淇淋，“这个味道的冰淇淋，我也喜欢。”

煤灰先生松了一口气，他又坐回到座位上，开始摆弄着他手上那一块怀表。等到花椰菜小姐喝完茶壶里最后一滴樱花花茶，这顿晚宴才算结束，心满意足的花椰菜小姐笑眯眯地起身，临走的时候还朝煤灰先生苍白的脸蛋上狠狠啄了一口。

我想煤灰先生一定开心极了。

洗完餐碟的煤灰先生又烧了一壶水，接着他打开碗柜，拿出一只漂亮的咖啡杯，轻轻朝着上面哈了一口气，然后掏出洁白的手帕仔细擦拭。等到水壶吹响了哨子，他才慢慢地往咖啡杯里倒上一些薰衣草。

滚烫的开水把薰衣草逐渐泡开，煤灰先生端着这杯茶走到床前，双手放在胸前默默祈祷，突然他大叫一声：“花椰菜小姐！”

就在波斯菊们被他吓到的时候，煤灰先生已经在床上开始打呼噜了。

2

煤灰先生依然在楼道等着我，只不过今天脸色看起来极其不好，见到我之后，他欲言又止，最后他把我拉到角落里，贴着我的耳朵，悄悄地说：

“贡丸，我昨天看到花椰菜小姐和核桃先生亲吻了。”

“在……哪？”我大吃一惊，这件事确实太恐怖了。

“在……在……花椰菜小姐的梦里。”煤灰先生低着头不停地搓着手，绿色眼珠在空旷的眼眶里转来转去，像极了一个做了坏事的小偷。

“为什么你会进入花椰菜小姐的梦里？”我更加困惑了，我想煤灰先生一定是太思念花椰菜小姐，所以才会变成这副模样，实在太可怜了。

可是煤灰先生却跟我解释他确实是进入到花椰菜小姐的梦里，如果我不相信，可以晚上十二点半过来找他。

“我买了一个神奇的咖啡杯，只要在睡觉前对着咖啡杯说出她的名字，我就可以进入到她的梦里。”

“那好吧，那你告诉我昨晚在花椰菜小姐的梦里都看见什么了？”

“当然可以，但是这个梦很长，我需要好好回忆一下。”煤灰先生靠着墙角，挠了半天后脑勺，终于，他想起花椰菜小姐梦的开端……

天空还是蓝色的，但是云朵却变成了粉红色，花椰菜小姐穿着一条缀珠黄色棱纹绸晚礼服，波浪般的褐色长发用一条银色发带束在脑后。走着走着，天上慢悠悠地掉下来一把伞，花椰菜小姐接住伞柄，这把伞把她带到了一个花园里。

花园里开满巨大的百合花，一只戴着墨镜的西施犬躺在花园里晒太阳，它旁边有一张站立不稳的木头桌子，一会儿向右倾斜，一会儿向左倾斜，最后木头桌子不得不单脚站立在草地上。

这个时候天空下起了五彩泡泡雨，过了一会儿，居然下了一个大浴缸！花椰菜小姐兴奋地跳入浴缸里面，紧接着音乐响起了，花椰菜小姐在浴缸里开始唱歌。

我记得那首歌好像是这样唱的：

我不想要工作
我不要吃中饭
我只想要遗忘
所以我要抽烟
很久以前我就知道爱情的味道
像是百万朵玫瑰
闻起来却不是那么甜美

现在只要有朵花在我身边

我就感觉不对劲

花椰菜小姐洗完澡之后，一件暗红色刺绣长袍从屋子里飘了出来，自动披在花椰菜小姐身上。花椰菜小姐扭着腰走进屋子里，屋子里面有一张漂亮的木头吊床，核桃先生正躺在上面弹奏竖琴。见到花椰菜小姐走过来，核桃先生微笑着走下床，轻轻地把花椰菜小姐揽入怀里，他们两个人竟然开始接吻了……

煤灰先生说到这里，沉重地叹了一口气，他似乎想找一些委婉的形容词来表达他看到的场景，但是他又担心我会为此难过，事实上我确实很难过，我想我需要回到床上去休息一下。

“贡丸小姐，希望你别太伤心。”煤灰先生朝我挥挥手，我不知道怎么回答他，只好悲伤地走上楼。

我难过极了，尽管这仅仅是一个梦。

3

我决定给核桃先生打一个电话，在电话里头我好像被煤灰先生传染一样开始支支吾吾起来，直到核桃先生开始皱起眉头。

“小贡丸，你是不是需要整理下你的语序，我不明白‘我感觉你在别人院子里不爱我’这句话是什么语系的语法？”

“我，我听说花椰菜小姐梦见和你亲吻了。”

“唔……这个梦听起来好像不错的样子。”核桃先生对花椰菜小姐这个梦突然生出好奇心，我却愈发生气，最后核桃先生不得不在电话那头哄逗我，这是一件很难得的事情，尽管我依然不高兴。

“你为什么在花椰菜梦里和她亲吻？！”

“也许你该去问问花椰菜小姐，贡丸小姐，你开始无理取闹了……”核桃先生的口气不耐烦起来，我吓了一跳。两个人安静了好一会儿，核桃先生才重新开口说话。

“你说煤灰先生睡觉前对着咖啡杯说出花椰菜小姐的名字，于是他就进入花椰菜小姐的梦里？”

“嗯。”

“噢，天哪……我想这又是红头发太太家的新货。”

“煤灰先生也认识红头发太太？”

“当你陷入对爱情的极端幻想中，红头发太太就会出现。”

我发出一声长叹，核桃先生建议我偷偷把那只咖啡杯扔掉，因为频繁进入别人的梦境里是一件很不礼貌的行为，不过我认为煤灰先生并不打算放弃咖啡杯，我还打算告诉核桃先生我也挺好奇那只杯子，但是核桃先生却准备出门，我只好挂掉电话。

我觉得男人有时候很难理解女人的心思，其实我所有的无理取闹只是为了证明我很在乎你，但是男人会觉得这样频繁地论证实在是一件很烦心的事情。

我带着这个论断气呼呼地躺在沙发上，维尼熊却在阳台上和波斯菊们欢快地聊着天，我朝着他们大吼一声，整个房间里都安静下来。

不过此刻却有一个很不识趣的敲门人，他首先按照四分之一的节拍敲打着我家大门，接着又换成四分之三节拍，最后又换成二分之一节拍，我不得不爬起来开门。

一开门，戴着睡帽的煤灰先生就直奔我的沙发，然后侧躺在沙发上痛哭起来，我的沙发靠垫很快就被他的眼泪湿透了。我很想知道是什么事让煤灰先生如此伤心，但是每次我想开口的时候就会被煤灰先生的哭声打断，最后我只好坐在旁边看着他哭泣。

“贡丸小姐，我想喝一杯水。”煤灰先生哭累了，我赶紧给他倒上一杯水，煤灰先生吞下一大口水，我听见“咕咚”一声，这口水终于被他咽下去了。

“煤灰先生，你为什么要哭泣？”

“我发现我爱错了一个人，我居然浪费掉这么长时间去爱一个如此淫荡的女人。”喝了水的煤灰先生又开始哭泣，不过这一次他只哭了一小会儿就止住了，“贡丸小姐，我昨晚进入到花椰菜小姐的梦里，我居然发现她和纯净水先生结婚了！他们还生了五个小孩，前晚她才和核桃先生住在一起，怎么过了一晚就改变主意了？她实在太花心了。”

我打了一个小嗝，事实上我心里舒坦多了，因为花椰菜小姐终于没有和核桃先生继续呆在一起，不过我假装被这个消息吓着，不停地摇晃着脑袋表示震惊。

煤灰先生继续哭泣着，中间他还提到他死去的母亲，以及多年以前他曾经暗恋的女人，我却开始昏昏欲睡。

直到晚饭时间，煤灰先生才起身离开，我长舒了一口气。

4

花椰菜小姐今天穿了一件靛蓝色无袖真丝长裙，剪裁十分简单，只有鸡心领和微微提高的下摆缀有一圈宽宽的流苏式银色玻璃珠，但是却让花椰菜小姐看起来美艳极了。

我拎着篮子悄悄靠近面包店，我打算进去买点面包，但是我又不打算和花椰菜小姐说话，于是我在面包店门口走来走去，最后花椰菜小姐笑眯眯地叫住我。

“嗨，贡丸小姐，需要买点提拉米苏吗？今天的提拉米苏味道好极了。”

“我才不喜欢提拉米苏，它会让我亲吻核桃先生的时候满嘴都是褐色！”我非常惊讶为什么自己会说出这样的话，花椰菜小姐鼓着她的花生米眼睛瞪着我，我想她一定生气了。

“那好吧，你自己看看吧，我可没有闲工夫和你说话！”花椰菜小姐端着她的咖啡朝面包店另一个角落走过去，我看见她正在和茄瓜先生说话，似乎聊了一些很开心的话题，花椰菜小姐笑得前仰后合，我猜想她今天晚上一定会梦见和茄瓜先生手牵手走在金色的沙滩上。

突然我身后响起一阵喇叭声，我转过身——原来是纯净水先生，他应该是刚去打猎回来，跑车后尾挂着两只刚死去的野兔。

“美丽的贡丸小姐，需要我请你吃一块提拉米苏吗？”纯净水先生停好车，朝我打着响指。

“那再好不过了。”

“来点最佳年份的提拉米苏怎么样？”

“我希望是 1900 年。”我顺着纯净水先生的话继续开玩笑，另一头的花椰菜小姐立刻被我们俩的对话吸引过来。她抿着嘴，朝着纯净水先生微微笑着，花生米眼睛眯成了一条细线，我想她一定觉得自己现在的模样好看极了。

我和纯净水先生被带到面包店后院的一张小桌子前，院子里的手搭凉棚遮住了强烈的阳光，但是我依然觉得很目眩。花椰菜小姐给我们上了两杯冰咖啡和一碟提拉米苏，我把一把叉子还给她，我告诉花椰菜小姐我只需要和纯净水先生用一把叉子就可以了。

“我希望可以尝试跟其他男人亲密一点儿。”我朝纯净水先生眨巴着眼睛，这样的行为令纯净水先生坐立不安，他立刻伸出手摸了摸我的额头，他大概认为我在发高烧以至于神志不清了。

“贡丸小姐，你这样做对核桃先生很不礼貌！”花椰菜小姐终于生气了，脸上涂了腮红的地方显得愈发明显。

“的确不礼貌，总比某位女士每天晚上换一个男人结婚要好！明媚的阳光，整齐的樱桃园，果园的边缘还开满了绛红色的罂粟花，美丽的花椰菜小姐轻轻依偎在纯净水先生的怀里——前几天，这位男主角还是核桃先生，这样的剧情也太让人难以接受了吧！”

花椰菜小姐的梦境被我准确无误地复述出来，花椰菜小姐立刻发出极其恐怖的尖叫声，紧接着她迅速跑出面包店，消失在大街上。

我得意极了，冲着对面的纯净水先生做了一个鬼脸，然后镇定地吃完碟子里的提拉米苏，又喝了半杯咖啡，打了一个小嗝，最后拿起桌布擦了下嘴角。

就在我准备起身离开的时候，店里突然跑来一个人，冲着屋子里大喊大叫：“花椰菜小姐跳河了！花椰菜小姐跳河了！”

面包店的人都跟着那个人朝河边跑过去，我在餐桌前坐了半分钟，最后也被纯净水先生拉了出去。快到河边的时候，我被一个戴着礼帽的绅士拦住了去路，我尝试绕过他，但是他却把我逼到了街角。

“你应该为自己的敏感行为感到可耻！”绅士摘下礼帽，居然是核桃先生。

“我没有敏感！”

“你当然没有敏感，你只是把花椰菜小姐逼到去跳河，因为她做了一个和我一起的美梦！”

“我……我……”我不知道要对核桃先生说些什么，只好掉过头往家里跑，我总觉得核桃先生在后面追着我，但是事实上我听见的只是风在我耳边“呼呼”的声音，直到我跑上楼把门反锁好，我才缓过劲来，瘫倒在床上。

“你怎么了？”阳台上的维尼熊走了进来，坐在我的脑袋旁边。

“我干了一件坏事，我的心情很糟糕，你最好离我远一点儿。”

维尼熊耸耸肩，只好走去沙发，开始唱着一首调子很奇怪的歌曲：

我养的植物枯死了

我是一个只吃红色糖纸的烧水壶

我吃了很多红色糖纸

可是我还是不快乐
我需要
一大杯冰咖啡
一大杯冰镇的咖啡
一大杯噼里哗啦的冰咖啡
够了吗?

请问烧水壶的寿命是十年吗?
这个问句好可笑
我喜欢变成一只大章鱼
粉嫩粉嫩的那种大章鱼
可以碰到身边任何一个物品
我再也不用为了按遥控器起身了
这是多么幸福的事情

噢……
我想太多了
还是让我变成一只蜗牛吧
我可以在一片叶子上待三天
然后，去另一片叶子上
这就是我的生活
伸懒腰也是一件重要的事情

我养的植物枯死了

这是我暴躁的最终原因

5

花椰菜小姐被救上来之后，一部分记忆丧失了，比如她记不起她男朋友手指饼先生的名字，总是以为手指饼先生是来她面包店里买东西的顾客；此外她还忘记了怎么梳麻花辫，只好整天披头散发站在柜台前迎接客人。我最在意她还记不记得那天我在面包店说过的话，我曾经尝试几次提示花椰菜小姐，但是她的的确确忘记了。这一点让我很安心，过了十多天我终于可以鼓起勇气去面包店买早餐。

和我怀有一样心情的还有煤灰先生，他举着一大束白玫瑰站在面包店门外，朝面包店内不停地张望，我想他一定是在等着花椰菜小姐看过来，可是花椰菜小姐遇见了一个老熟人，那个老熟人跟她讲了一个牧师打瞌睡的故事，花椰菜小姐听得入迷极了。

我拍了拍煤灰先生的肩膀，意识他和我一块进去。煤灰先生摇摇头，他还是想等着花椰菜小姐主动注意到他，我只好自己走进去，叫着花椰菜小姐的名字。

“贡丸小姐，想吃点什么？今天的提拉米苏很不错。”花椰菜小姐今天穿了一条小碎花泡泡袖及膝裙，看样子心情应该不错。

“给我一小碟提拉米苏和一杯冰咖啡，对了，你给门外那位拿花的先生一杯不加奶的咖啡，谢谢。”我指了指门外，花椰菜小姐也跟着望了过去——煤灰先生立刻挺直后背，把白玫瑰花高高地举起。

“他是打算送花给我吗？”花椰菜小姐好奇地望着煤灰先生，突然她发现了一个很有趣的事情，开始笑得前仰后合，过了很久，她才告诉我，煤灰先生大衣穿反了……

我也跟着笑，接着整个面包店的客人都在笑，煤灰先生不知道发生了什么事，只好继续举着白玫瑰花，直到有人开始推着花椰菜小姐往前走，走到煤灰先生面前。

“我叫煤灰先生，我想和你约会！”煤灰先生终于说出了自己的心里话，我想他一定紧张极了，因为花椰菜小姐过了很久才回答他。

“我想今晚应该可以。”花椰菜小姐笑眯眯地望着他，花生米眼睛又变成了两条小缝，煤灰先生开心极了，冲面包店里的我眨巴着眼睛。

我终于舒了一口气，我想煤灰先生应该很快就会把那只咖啡杯还给红头发太太，不过他并不打算自己去归还，而是把那只咖啡杯交给了我，他说他再也不想去那个鬼地方了。

“可是煤灰先生……”

“贡丸小姐，这次就拜托你了，我还要赶紧去巡楼，今晚和花椰菜小姐聊得太开心了，都忘记还有工作。”煤灰先生把咖啡杯放在餐桌上，并热心地帮我把门关上，紧接着我听到煤灰先生快速跑下楼的声音。

“你不打算用一下吗？”维尼熊从被子里钻出来，双手交叉放在胸前，翘着二郎腿坐在床边。

“你不要问我这个问题好不好，难道你希望我用这个可怕的玩意儿吗？”

“我只知道某人很想用这个咖啡杯去另外一个人的梦里。”维尼熊朝我翻了翻白眼，就开始玩弄他新买的玩具——这是一只一捏就会发出尖叫的塑料鸡，维尼熊不停地掐着鸡脖子，那只鸡发出了极其惨烈的叫声，我赶紧捂住耳朵。

“维尼熊，你会吵到隔壁邻居的！”我抢过维尼熊手上那只尖叫鸡，把它用力扔到垃圾桶里，维尼熊仰头长叹一口气，又钻进被子里。

屋子里静悄悄的，我不停地和自己说话，内容单调无聊极了：“用不用这个咖啡杯？”“为什么我要用这个咖啡杯？”“我只用一晚而已！”

“维尼熊发出有节奏的呼噜声，我偷偷打开碗柜，里面还有半包剩下的樱花茶，我把它倒进咖啡杯里，然后加入滚烫的热水，干樱花在咖啡杯里慢慢舒展，一股淡淡花香冒了出来。

“核桃先生……”我对着咖啡杯清晰地吐出了四个字，接着，我感到一阵沉沉的睡意，很快我就进入了梦乡。

整座城都睡着了，连高楼大厦都发出了沉重的呼噜声，月亮寂寞地呆在天空上织毛衣。我四处寻找核桃先生，但是他好像没有出现在自己的梦里，他的梦里也没有其他的人。

我不得不一个人在这座睡着的城市游来逛去，无聊极了。就在我准备放弃的时候，我在城市的大桥上看见了核桃先生，他站在桥上，桥下是一条黑漆漆的河。核桃先生站在桥上要做什么？

突然核桃先生身后出现一团黑影，核桃先生立刻跳下桥，黑影也跟着跳了下去；核桃先生又飞上另一座桥，黑影还是紧跟在他身后；核桃先生不停地逃跑，可是那团黑影始终追着他，直到核桃先生跳上城市里最高的那栋建筑物。

风开始越刮越大，核桃先生站在顶楼边缘开始发呆，那团黑影却消失不见了。核桃先生伸开双臂，用力往下一跳——他掉进了一个黑洞里，他抱着膝盖不停地往下坠，四周充斥着一些五彩斑斓的光线，让人很难睁开眼睛。过了很久，核桃先生才到达地面。

这是一户人家里，穿着格子长裙的女主人正在煮咖啡，她好像认识核桃先生，让核桃先生给她递过来一块方糖，可是核桃先生好像没有听见她说话，一个人坐在桌前看报纸，女主人开始难过起来，她扶着墙角不停地哭泣。

我悄悄靠近那个女主人，我很好奇她究竟长什么样，可是她始终低着头哭泣，我只好坐回核桃先生面前。突然核桃先生叫出我的名字，我吓了一跳，以为核桃先生发现我了，可是核桃先生的目光却跳过我，一直望向我身后。

我转过身，身后那位哭泣的女士站了起来，脸上全是鲜血，她朝着我和核桃先生走过来。我才发现她的眼泪是红色，所以才会弄得满脸都是血。可是为什么我总觉得在哪儿见过这位女士，她的模样好熟悉。

核桃先生叹了一口气，开始把手边的糖罐递了过去，那位女士终于停止了哭泣，可是紧接着那位女士的脑袋突然和她的身体分开了，接着整个房子开始裂开，地面开始出现一个大裂缝，核桃先生连同那把椅子一起掉入裂缝里。

下坠过程中核桃先生紧紧抓住那份报纸，我伸过头看了一眼报纸内容："抑郁症妻子自杀，丈夫神秘失踪！"新闻图片居然是那张我站在秋千旁边举着维尼熊的照片！

"贡丸，你该回去了，你在我的梦里呆得太久了……"核桃先生突然一把抓住我的手，我被他用力一拽，猛然醒了过来。

一睁眼，已经快接近第二天中午了，原来核桃先生做了一个这么长的梦，可是为什么梦的最后他会发现我的存在？想到这里，我忍不住害怕起来，赶紧跑去单车房把单车推出来，我要把这只可怕的咖啡杯送回黑森林。

路上我遇见了正在采草莓的花椰菜小姐，还有帮她拿篮子的手指饼先生，我想他们俩肯定是在约会，可是我并不想告诉正在睡觉的煤灰先生，也许他正在做一个甜蜜的美梦。每个人都会做一些不可告人的梦，就让这些稀奇古怪的梦呆在黑夜里好了，如果释放出来，只会让天下大乱。

想到这里，我不由加快了骑车的节奏，我一定要在红头发太太店里的蝙蝠醒来之前把杯子还回去，我可不想和那只脾气不好的蝙蝠说话。

七、失眠的古德奈先生

我有一个舅舅，他总是失眠，所以大家都叫他古德奈先生。古德奈先生和我住在同一个小镇上，我不喜欢去他家，因为他喜欢生气。

古德奈先生的生气不同于男人喝醉酒的生气，也不同于女人找不到合适的鞋子的生气。他会找一个地方坐下来，摘下他的礼帽，脱掉他的大衣，然后按左右顺序解开衬衣的袖口，把衬衣袖子卷到手肘上面，做完这些动作再长长地吐出一口气，这口气好像是从他肚子最底层吐出来的，等到这口气完完全全被吐干净，他才会开始说话，就像这样：

“贡丸，你怎么可以在我家边喝咖啡边喝冰柠檬汁！”

噢，我怎样才可以说服古德奈先生让我往咖啡里加糖，我真的很讨厌喝这么苦涩的咖啡，所以我不得不拼命喝冰柠檬汁来缓解我嘴里的苦味。但是古德奈先生讨厌甜味，他讨厌一切带有甜味的食物。

我亲爱的古德奈先生，我的舅舅，深爱着古德奈太太，可是三年前古德奈太太因为一场车祸去世了，从此之后古德奈先生拒绝一切美好或者看似美好的事物。

1

自从我家对面搬来一位性感的蕾丝小姐，维尼熊就特别喜欢呆在阳台，他还上淘宝网买了一架天文望远镜，说是可以看看天上的星星，不过我怀疑他是为了偷窥对面房子里的蕾丝小姐。

“蕾丝小姐确实是一位很性感的卷发美女，不过我还是更喜欢像贡丸小姐这样的女孩。”维尼熊摸着我的头耐心地解释，他这样的回答让我很满意，于是我很开心地给他尝了一口我刚做好的草莓郎姆酒，还放了一张核桃先生最喜欢的 Billie Holiday 的唱片。就在最后一首歌曲要结束的时候，我的电话响了起来。我本来打算忍受它那漫长的噪音，不过电话那头的人似乎认定我一定听见了手机铃声，于是他不停地拨号不停地拨号不停地拨号……我终于站起来去接电话。

果然，让我猜到了是谁。

“嗨，舅舅，我准备睡觉了，这么晚找我做什么？”我开始抱怨着这位深夜打扰者。

“如果准备睡觉了，那为什么还在听 Billie Holiday 的唱片？”电话那头古德奈先生语速很平稳，丝毫听不出等待这么久而导致的不耐烦情绪。

“呃……我刚才正在晒衣服，很快就会上床睡觉。”我朝话筒吐了吐舌头，顺便关掉唱片机。

“听着，贡丸，我不管你现在是在晒衣服，还是在喝草莓郎姆酒，我只想告诉你明天晚上牛角包小姐约我一起吃晚饭。”

“啊……你是说极度洁癖患者加古板老旧守护者牛角包小姐邀请你吃晚饭！”我吓了一跳，差点儿把酒杯摔到地上。牛角包小姐暗恋古德奈先生很久了，但是古德奈先生很讨厌她，每次约会他都会带上我，然后三个人互瞪着吃饭。

“是的，我知道你非常不愿意见到牛角包小姐，不过我明天晚上家里会来一位非常重要的客人，所以，她明晚必须去你家吃晚饭！”

“可是我这儿很乱啊！”

“确实很乱，我上次还在你的被单下发现一个方便面袋子，还是麻辣味道的。”古德奈先生擤了下鼻子，“不过，明天我会找一位清洁工把你房间收拾干净，希望你明天晚上准备一顿干净的晚餐，否则我不敢保证牛角包小姐不在你家跺着脚尖叫——对了，我已经转告她，你非常愿意和她共进晚餐。”

“好吧，舅舅。”我沮丧地挂掉电话，垂头丧气地坐在沙发上，维尼熊已经换上了一套睡衣，体贴地给我倒上一杯热水。

“也许你可以尝试说服牛角包小姐放弃追求古德奈先生。”

“哦，不要！她一定会用酒瓶子追着我满屋子跑的。”我可不希望见到这样的场景，实在太可怕了。

“也许我该找一个头盔给你。”维尼熊认真地思索着我的话，不过很快他就被困意袭击到昏昏欲睡，于是他自己爬上床盖好被子，双手交叉在胸前，没过多久，他就开始打起了小呼噜。

而我更加烦闷了。

2

穿着黑色外套戴着羊皮手套的牛角包小姐终于找到了我家，她先是例行公事般地询问了古德奈先生最近的工作和生活，特别是感情部分。她尽可能用一些轻描淡写但又直入主题的问句，比如“最近古德奈先生有没有和朋友出去玩？”当我回答“有”时，她又继续提问“都是一些做什么职业的朋友”，当然我是一个非常聪明的女孩，我肯定知道牛角包小姐最终想得到什么答案，于是我开始转移话题，抱怨着楼下的巧克力冰淇淋让我拉了三天的肚子。

“一位真正的淑女要学会自己做冰淇淋。”牛角包小姐吃了一口我做的蔬菜沙拉，脸上肌肉抽搐了一下，我想大概是察觉到胡萝卜皮没有完全削干净，因为她再也没碰过这盘沙拉了。

“我也想尝试，可是每一次做出来的冰淇淋都很像一种让人恶心的东西。”

牛角包小姐喝了一口威士忌，她似乎对我提出的这个话题并不感兴趣，于是我又开始寻找新的话题，但是我马上就发现牛角包小姐这次来的真正目的。

“古德奈先生最近身体怎么样？”

“好像眼袋大了一点儿。”

“哦……”牛角包小姐若有所思地发出一声感叹，她开始搅动着那碗叫做腌制三文鱼芝士汤的液体，认真沿着关于“古德奈先生眼袋大一点儿”这个线索思索，不过很快她就意识到这个线索完全无法指引她到达她想要的目的地，于是她抿了一口碗里的液体，告诉我她此次来的真正目的，“我听说古德奈先生去年曾经和枕套小姐交往过，不过枕套小姐现在失踪了。”

“啊……我还以为舅舅再也不会碰女人了。”我大吃一惊，在我印象中古德奈先生自从太太去世之后，似乎对任何女人都没有兴趣。

“枕套小姐长得的确很可爱，眼睛大大的，嘴巴小小的，我最羡慕她那一头柔软的自然卷发，从后面看美极了——不过脸上有一些雀斑，粉底液都遮盖不了，我想也许是这一点让你舅舅对她失去兴趣了。”

“枕套小姐现在为什么失踪了？”

“我也不知道，唉……”牛角包小姐又叹了口气，“贡丸小姐，你知道的，我迷恋古德奈先生很久了，但是他从来不让我接近他的生活，哪怕是小会儿时间都不曾给我，所以我只能从侧面去了解他。上个礼拜我打听到古德奈先生曾经和枕套小姐交往过，我当时特别生气，古德奈先生曾经说他除了古德奈太太再也没有喜欢过其他人，我本来想找枕套小姐问清楚整件事，可是她的邻居告诉我她已经消失半年了，虽然我不知道枕套小姐究竟去哪里了，不过我猜想这事可能与古德奈先生有关系。”

“难怪他今晚说有重要的客人……”我突然想起古德奈先生对我的警告，立刻就把话给打住了。

“你说什么？”牛角包小姐警觉起来，不过我很快就找了一个话题叉开。我们又继续吃了点东西，牛角包小姐还喝了一杯威士忌，我们聊到月亮下山才起身。

醉醺醺的牛角包小姐靠在我肩膀上，很不好意思地说：“贡丸小姐，今晚我喝成这样子，只能睡你家了，对了，我包包里有一个自慰器，请帮我放在床头，我半夜醒来要用。”

我打了一个趔趄，差点没把牛角包小姐扔在地上。

3

维尼熊神神秘秘地告诉我蕾丝小姐谈恋爱了。

“我昨晚看见有一辆小车把她送了回来，她下车后还和车里的男人 KISS GOODBYE。”

“看来他们已经突破了纯洁的男女关系。”我兴奋地咂咂嘴，我当然希望我对面这个大胸女人尽快结束单身。

“我想她应该很快就不会经常回家了，贡丸小姐，你可以放心了。”维尼熊略带调皮地说，顺便问了一下牛角包小姐的事，“对了，牛角包小姐今晚还会住我们家吗？”

“唉……如果牛角包小姐今天出门前把行李收拾好，我想今晚你应该不用睡沙发了，可是，事实上她好像打算再逗留一晚上。”我叹了一口气，今天早上牛角包小姐强迫我换下那件宽松粗针毛衣，穿上她带来的白色蕾丝衬衣和束腰百褶长裙，害得我整个上午都觉得胃不舒服。

“是因为她想和你多聊会儿天？”

“倒不是，她去找古德奈先生了。”

我想古德奈先生并不打算和牛角包小姐见面，不过固执的牛角包小姐应该会跑去他的办公室楼下那间咖啡屋喝咖啡，她还会告诉古德奈先生，如果他不出现，她就打算住在这间咖啡屋里。

可怜的古德奈先生不得不从一堆文件里抬起头，穿上那件灰色外套，戴上一顶帽子，告诉他的秘书他只是出去买一杯咖啡，如果没有特别紧急的事不用给他电话，因为他很快就会回来——他并不打算和牛角包小姐待上过长时间。

牛角包小姐很正常地拥抱了古德奈先生，并且自作主张帮他点了一杯加糖加奶的咖啡，可是古德奈先生已经告诉牛角包小姐无数次他不喜欢喝加糖的咖啡。于是他们关于这杯加糖的咖啡开始长达十分钟的争论，最后古德奈先生一如既往地输了，他永远吵不过牛角包小姐。

这个时候，牛角包小姐终于可以谈起她感兴趣的话题了，她从上上次他们见面说起，中间还穿插了几件完全不相干的人和事，以至于古德奈先生完全不知道她要表达什么，于是他们又开始争吵，古德奈先生甚至把桌面上装着核桃仁的碟子给扔了。咖啡馆里的服务生立刻跑了过来，也许这是她第一天上班，她根本不知道如何应对这样的场面，所以她站在那儿很久，才低着头捡起那些碎片和满地的核桃仁。

等到服务员走远了，牛角包小姐又开始絮絮叨叨她那个冗长的故事，这一次古德奈先生并没有生气，他用左手托着他的双下巴，眼皮半盖着，好像要睡着了。

“你的意思是你根本没有见过她？而且你现在还喜欢上另外一个女人。”

“是的，牛角包小姐。”古德奈先生很不耐烦地回答，也许他觉得这样的答案会阻止牛角包小姐把他和那个失踪的女人挂钩在一起。

“噢，太好了，希望你尽快把她带回家，你知道这样可以让我完全放弃这段感情，从此不再纠缠你——请问你喜欢的那个女人叫什么名字？”牛角包小姐硬撑起笑容，胃里却开始翻江倒海。

“她叫蕾丝小姐……好了，牛角包小姐，我该回去工作了，否则我今晚又要加班了，你看我的眼袋又大了一圈。”古德奈先生站起来，他真的准备走了，因为手机已经响了很多次了。

“贡丸小姐也说你的眼袋大了一圈。”

“贡丸小姐……最近挺乖的。”古德奈先生想了想，也许他认为该奖励一下我昨晚留牛角包小姐过夜，所以勉为其难地夸我。

“也许吧，我发现她已经不用卫生巾了。”

“啊！”古德奈先生被吓了一跳，难道那个小姑娘已经怀孕了，天哪！这件事太可怕了。

“她居然在用卫生棉，一个淑女怎么可以使用卫生棉，哧……”牛角包小姐冷笑了一声，不过她并不打算把这个话题继续下去，因为她觉得这样做会导致我拒绝透露任何关于古德奈先生的信息给她，不过牛角包小姐决定今晚还是离开我家。

她只是告诉我，有时间多去古德奈先生家坐坐，顺便打听下那个蕾丝小姐是一个怎样的女人。

4

我花了三天时间终于发现蕾丝小姐是一名香水配制师（难怪她身上总是有一股很奇怪，但是很好闻的味道），工作的时候她会把大卷发盘成一个发髻，但是耳鬓地方依然会落下几根卷卷的散发。蕾丝小姐每天早上七点钟起床，八点钟到达她的工作室，午饭时间也不出来。下午5点她才下班，大卷发散了下来，眼妆也换成浓郁的烟熏妆。

从银行出来的蕾丝小姐扭着屁股往街道另一头走去，走到街道拐角处，那边停了一辆黑色轿车，车里的人朝她按了几声喇叭，她立刻兴奋地朝车里走去，等到车门关好，黑色轿车立刻飞奔离去，他们会去哪儿?

等到半夜，那辆黑色的轿车才会把蕾丝小姐送回家。和每次分别一样，蕾丝小姐都会在车窗外与里面的男人吻别，两个人又缠绵了许久，才慢慢把脑袋分开。

“我觉得他们如胶似漆了，古德奈先生居然还不告诉我这件事？”我拿着天文望远镜监视着对面屋子里的蕾丝小姐，她正在换睡衣，D罩杯的乳房果然很壮观。

“也许古德奈先生并不想这么快把这段关系公布于众，有时候男人的心理是很难揣摩的，也许就差那么一点点突破，两个人的关系就会发生质的不同。”维尼熊给我端来一杯花茶。

我端着花茶，思考着要不要把我的疑惑告诉核桃先生，但是我并不想把古德奈先生描绘成犯罪嫌疑人，于是我决定再等事情发展一段，我看清整件事情的脉络后再告诉核桃先生。不过后来我发现这个想法实在很幼稚，因为今天早上维尼熊告诉我蕾丝小姐昨晚没有回家。

我立刻火急火燎地往蕾丝小姐的工作室跑去。工作室里只有三个人，并没有看见蕾丝小姐，我问那个胖胖的男生蕾丝小姐是否过来上班了，他说前天她打电话过来说她突然得了重病，需要请一个月的假。

蕾丝小姐生病了？

束手无策的我不得不告诉核桃先生我知道的所有事情，包括牛角包小姐的疑惑，虽然牛角包小姐警告我没有确定的答案千万不要透露给其他人。我亲爱的核桃先生在电话那头沉默了许久，我猜想也许他正在思考一些细节，最后他吸了吸鼻子：“也许我们需要收集一点点证据——对了，你最近有见过古德奈先生吗？”

“很久没有见到他了，他这段时间忙于谈恋爱。”

“贡丸，你有他家钥匙吗？”核桃先生突然想到另一个突破口。

“没有，不过我可以骗到古德奈先生家的钥匙。”

“嗯，那你小心点。”核桃先生在电话里叮嘱我，他建议我把古德奈先生约到一个人多的地方，这样或许更容易得手。

我想把古德奈先生约到小镇一家中餐厅，古德奈先生花了三天时间终于答应了我的要求。和对待牛角包小姐一样，古德奈先生并不想和我浪费太多的时间，所以他点了很多不需要等待太长时间的凉菜，甚至都没有点那些很费时间的炖汤，我想他应该非常急于离开，整个晚上他都在不停地看表。

我不停地给古德奈先生倒茶，大概喝了两大壶绿茶之后，古德奈先生终于起身去厕所了。我急忙从他大衣口袋里掏出钥匙按在提前准备好的橡皮泥上，整个过程只花了五分钟，之后我又装模作样地吃了好几个泡椒凤爪，古德奈先生终于从厕所里出来了。

“贡丸，我该回去了，今晚还有很多事要忙。对了，我没办法送你回去了，你自己走回家吧。”

“没有问题，舅舅。”我继续啃着凤爪，一副若无其事的样子。

“贡丸，你应该吃点蔬菜，别老嚼这些没有营养的腌制食物。”古德奈先生叫来服务员买单，然后穿上外套，戴上帽子，出门的时候还塞给我一沓钞票，他说让我去买一件像样点的大衣，别老穿得邋里邋遢的。

我心里突然冒出一点点愧疚，像是做了一件对不起古德奈先生的事，这种愧疚居然让我开始流眼泪了。

该死的情绪啊。

5

维尼熊说蕾丝小姐依然没有回家，我开始担心她是不是和枕套小姐一样神秘失踪了。

星期一早上九点，古德奈先生被困在一个二十人的会议里，这是一个极其冗长的会议，以至于古德奈先生不得不连续喝了四杯咖啡来提神，他甚至怀疑中饭是不是也必须在会议桌上解决。

可怜的古德奈先生，如果他知道他的外甥女贡丸小姐带着维尼熊正赶往他家时，不知道会作何感想。

这是一栋两层楼的房子，外墙面爬满了爬山虎，只露出暗红色的三角屋顶。我们穿过客厅来到餐厅，餐厅中间摆着一张红木餐桌，上面放着一瓶没有喝完的牛奶和一碟熟豌豆；厨房里干干净净，掉了漆的老式碗柜里整齐摆放着镶着金边的碟子，碗柜旁边摆着一台发出低沉轰鸣声的老式冰箱，正在吃力地运转着。

我沿着楼梯走上二楼，来到方形的楼梯平台，放眼望去共有三道门。最左边的那扇门通向书房，维尼熊从书架上抽出一本《死亡大辞典》，念出序言第一句：

“死、翘辫子、到另一边去、区间造物主、死绝、过去了、疲惫了、与鱼共眠、穿上木质的大衣，或者与耶稣共眠——不管怎么称呼死亡，它迟早要来。”

“舅舅喜欢这样的书吗？我还以为他只会喜欢投资理财的书。”我有点纳闷古德奈先生怎么会买这些奇怪的书。

中间那扇门是古德奈先生卧室的门，卧室里只放着一张木床，连床头柜和衣柜都没有；第三扇门被反锁着，我告诉维尼熊古德奈先生从来不准任何人进这间房间，因为这里面放着古德奈太太生前用过的物品。

“古德奈太太是怎么去世的？”维尼熊好奇地问。

“车祸，很可怕的车祸，她的长头发被绞没了，整个人变成了七八块血肉。”

“那是挺可怕的。”

维尼熊本来打算从古德奈先生卧室的阳台上翻到第三间房的窗户里去，可是第三间房的窗户被紧紧关闭的，他不得不重新绕回到第三间房门口，最后他发现这扇门是从里面被人反锁了。

“难道里面还住着人？”我立刻双手抱紧自己，好像有人会从前面把我拖走一样。

“有这种可能性，不过我觉得里面的人应该不敢出来，所以我们不必太害怕，要不，我们敲敲门——你好，请问有人在吗？”

房间里没有任何动静，我们又继续敲门。过了许久，终于听见有人在里面走路的声音，接着出现一个很柔弱的女声：

“谁呀？”

“你好，我是古德奈先生的外甥女贡丸小姐。”

“哦，你等等，我来开门。”

门被轻轻地打开，门口站着一位优雅的太太，她穿着一条垂坠的V字形领口缎料暗红色晚礼服，两侧有精美的褶裥，还有一个曳地的鱼尾下摆——这是古德奈太太最喜欢的一条裙子，她喜欢在周末聚会上穿这条裙子，然后搭配上浓郁的烟熏妆，现在想起来依然很迷人。

“这位太太，请问你是？”我好奇地打量着这位女士，总觉得她和某位女士长地很像，但是我又不敢轻易去往那方面猜测。

“我是古德奈太太，你们好呀。”

“古德奈太太？！”我惊讶地盯着眼前这位女士，我承认我刚才见到她时确实觉得她的眉眼和死去的古德奈太太很像，鼻子两边的雀斑也很相似，甚至连说话的口气都是一样的，但是古德奈太太是一个极其瘦小的女士，眼前这位女士却长着一对大胸。

“快进来吧！”古德奈太太热情地招呼我进屋，我把维尼熊放进书包里，小心翼翼地走进第三间房。房间左侧摆着一张雕花铁床和一张镜子已经碎了的梳妆台，对面摆着一个巨大的衣柜。隔着衣柜门，我闻到一股陈皮和丁香的味道，这是古德奈太太最喜欢的味道。

“贡丸小姐，过来喝一杯咖啡吧。”古德奈太太笑眯眯地给我倒了一杯咖啡，这是一个用骨瓷做成的咖啡杯，在灯光下可以看见咖啡杯里面刺着一朵巨大的百合花，不过当我准备端起杯子时，书包里的维尼熊轻轻地踢了我一下，我立刻警觉地把杯子放下来。

“古德奈太太，你以前见过我吗？”我仰起头盯着古德奈太太，她正眯缝眼睛，很努力地思考着这个问题。

“让我想想……我想我应该听古德奈先生提起过你，不过我还是想不起来了。”古德奈太太笑了笑，露出整齐的牙齿，我突然闻到她身上一股奇怪的香味，这种香味让我想起了蕾丝小姐，但是眼前的古德奈太太除了胸大，与蕾丝小姐没有丝毫相似之处。

“没关系，也许我平时该多与古德奈先生联系。对了，古德奈太太，为什么你一个人在家还要把房门反锁？”

“古德奈先生不喜欢我出去……”古德奈太太委屈地看了看窗外，“其实外面的空气很新鲜，这样的味道搭配着枯草的味道应该可以配成一瓶供女士清晨使用的香水。”

“你……你怎么会对香水配制这么熟悉？”我把嘴巴张成一个“O”型。

“我也不知道，也许是天生的吧，咯咯……”古德奈太太捂着嘴笑了起来。

就在这时我听见楼下大门的关闭声，紧接着是急促的上楼声，上楼的这个人似乎是用跑步的速度，以至于我不得不藏起来——我告诉古德奈太太我是偷偷跑过来的，古德奈先生如果知道我在这里一定会很生气，于是古德奈太太示意我躲在衣柜里。

“哦，亲爱的，我今天开了一个很长很长的会议，那些人实在是啰嗦极了，不过我还是偷偷跑回来陪你了。”古德奈先生兴奋地拥抱了古德奈太太，“这是你给我煮的咖啡吗？实在太棒了。”

“对啊，你想来一杯吗？”古德奈太太端起我没喝过的咖啡给古德奈先生，不过古德奈先生立刻用手挡了回去，好像这是一杯毒药。

“你等等我，我去楼下拿我的咖啡杯。”古德奈先生转身下楼，我听见他打开碗柜的声音，似乎在挑选咖啡杯。

“维尼熊，难道这杯咖啡有毒？”我站起来，把书包挪到前面。

“这杯咖啡没有毒，我觉得是这个咖啡杯有问题……”维尼熊从书包里探出一个脑袋，“我觉得这个咖啡杯肯定是在红头发太太那里买的。”

“啊……难道这个咖啡杯让古德奈太太复活了？”我睁大眼睛盯着前面的古德奈太太，“可是她只是有一点点像古德奈太太。”

“她不是古德奈太太，她是蕾丝小姐！”维尼熊也看了看门缝外面的古德奈太太，最后斩钉截铁地回答。他的回答把我吓了一跳，以至于衣柜门突然被我推开，不过古德奈太太很快又帮我关好了。

古德奈先生终于上楼了，他倒了一杯咖啡，打开唱片机，然后安静地坐在古德奈太太旁边看着报纸，古德奈太太则在旁边缝着衣服，两个人一句话也不说，但是整幅画面看起来温馨极了。

“维尼熊，他们好像不打算出去，那我们怎么办？”我抬起头望了望衣柜，这里面挂满了古德奈太太生前的衣服，甚至连破洞的丝袜还保存着。我试着往后挪了一下，蜷缩着身体实在太不舒服了，但是就在我往后挪的时候，我听见我后面的木板发出一点点“咯吱”声——声音很小，但是却引起了我们的兴趣。

我继续轻轻地推了推木板，木板居然可以晃动。我把木板从左向右推，木板没有移动，我又把木板从右向左推，木板完全塞到墙壁里去了，实在太神奇了。

我们从衣柜另一面爬了出来，来到古德奈先生的卧室里。

“维尼熊，为什么古德奈先生要这样设计衣柜？”

“我想，他也许希望这个衣柜也可以在这间卧室里使用，不过放在这间卧室里给谁用呢？”维尼熊环视了这间卧室，这间卧室连一个柜子都没有，突然维尼熊走到床前，把被子掀开。

天啊，床上又躺着一个古德奈太太！

6

我告诉核桃先生我在古德奈先生家的奇遇，电话那头核桃先生停顿了好久，我还以为电话掉线了。

“这是红头发太太家的易容咖啡杯，咖啡杯的拥有者可以让使用这个咖啡杯的人变成自己想要见到的人的模样，但是这种变化不是马上体现，通常需要一个月才可以完全变成另外一个人。”

“所以我见到的第一个古德奈太太是没有完全变形成功的蕾丝小姐，第二个古德奈太太是失踪的枕套小姐！”我在电话那头尖叫起来，实在太可怕了，幸亏维尼熊阻止我去喝那杯咖啡，“可是，怎样才可以破除这个可怕的魔法呢？”

“砸碎那个咖啡杯，两个古德奈太太都会恢复原貌！”核桃先生又暂停了一会儿，“但是，古德奈先生会很难过，很难过……”

“哦……”我放下电话，认真地思索着核桃先生的话。自从古德奈太太去世之后，古德奈先生就好像变了一个人，不喜欢邀请任何人去他家吃晚饭，也不喜欢去任何人家里做客。他讨厌暖色调的衣服，讨厌带甜味的食物，甚至连阳台上的鲜花都被他通通扔掉。

他把自己给关了起来。

于是，古德奈先生开始彻夜失眠，他总是习惯半夜去逛公园，和那只黑漆漆的野猫说话，有时候会说到太阳出来，他就顶着两个大眼袋去上班；有时候说到黑猫睡着了，古德奈先生只好叹了口气，拿起他的大衣和帽子朝画廊走过去。画廊早就关门了，但是橱窗里却摆着一副古德奈太太最喜欢的画，古德奈先生从来不打算买下它，但是也没有其他的人买下它。

这么多年来，只有牛角包小姐深爱着他，哪怕古德奈先生往她身上泼牛奶，她依然坚持每个礼拜与古德奈先生约会——可是，为什么古德奈先生不把牛角包小姐变成古德奈太太，这样不是两全其美吗?

我告诉维尼熊关于易容咖啡杯的秘密，维尼熊看了看阳台上的天文望远镜，然后翻了两下白眼。

“贡丸，我要把蕾丝小姐拯救出来！”

“可是，古德奈先生怎么办？他太需要古德奈太太了。”

“但是他也不能强迫别人变成古德奈太太！”维尼熊愤怒地握紧拳头站起来，“我要立刻把易容咖啡杯砸碎！”

“好吧，你去砸吧，反正我是不会去，我受不了生气的古德奈先生。”我赌气地坐在床上，空气里好像飘着一点醋味，连我自己都被这股味道吓到了。

“那你在家等我。”维尼熊跳下沙发，拿起钥匙准备出门，我更加生气了，索性把头埋在被子里。

7

维尼熊还是没有把咖啡杯砸碎，因为他告诉我牛角包小姐已经提前把咖啡杯砸碎了，结果一丝不挂的枕套小姐裹着床单尖叫着从卧室里冲了出去；穿着淡蓝素白绸缎高腰背心裙的蕾丝小姐捂着脸坐在客厅里哭泣，她说她需要叫来警察，以及心理医生。

可怜的古德奈先生像一个做错事的孩子一样蜷缩在墙角里，他完全不知道如何处理这样的场面，也许他根本就没有想过会出现这样的场面，他只是太思念古德奈太太了。

警察终于来了，他们带走了所有人，包括牛角包小姐。

很快就有警察给我打来电话，希望我去警察局一趟。等我赶到警察局时，枕套小姐和蕾丝小姐已经离开了，牛角包小姐还在做口供。我搜索了四周，没有看见古德奈先生。

警察只是询问了一下古德奈先生平时和哪些人接触，我把“红头发太太”几个字从嘴边又咽回了肚子里，我想如果我告诉他们这个故事，估计他们会以为我得了妄想症，这个世界早就不相信童话了。

审问快结束的时候，我说我想见一见古德奈先生，于是那位警察打了一个电话，也许是给他的上司。过了五分钟，他同意了我的请求。

古德奈先生已经被拘留起来，我端了一杯咖啡给他。

“没加糖？”

“没有。”我坐在他身边，第一次这么近距离靠近古德奈先生反而让我不太习惯了。

“唉……古德奈先生只是太思念古德奈太太了。”古德奈先生叹了口气，紧握住咖啡杯。

“我知道……舅舅，我想问你一个问题，为什么你不把牛角包小姐作为变形对象，也许牛角包小姐希望变成你爱的那个人。”

“我试过，但是易容咖啡杯对她没有任何效果，于是我去问红头发太太，她告诉我，牛角包小姐太爱我了，易容咖啡杯根本无法控制她。”

“呃……”我不知道该说些什么，只好保持沉默。

“因为易容咖啡杯会让人沉睡 12 个小时，所以我把枕套小姐变成晚上的古德奈太太，把蕾丝小姐变成白天的古德奈太太。我本来打算和这两个古德奈太太相处一段时间，把自己的思念清空，就和牛角包小姐结婚——因为我知道，牛角包小姐很爱我，其实我也很喜欢她，但是这种喜欢根本敌不过我对古德奈太太的思念。”

“一个人怎么可以同时喜欢两个人？”

“我也经常问我自己这个问题，但是事实上它就是发生了。”古德奈先生把整张脸埋进了大衣里，我只好站起来，向古德奈先生说声再见。警察说也许会让古德奈先生在监狱里呆一段时间，因为他非法使用迷魂药。

我从警察局里出来的时候，牛角包小姐居然在门口等着我，见到我走过来，她努力地笑了笑。

“嗨，贡丸小姐。”

“牛角包小姐，原来你还没有走呀。”

“你会不会怪我把咖啡杯砸碎了。”牛角包女士靠近我的耳朵，悄悄地说。

“不会，我只是很好奇你怎么知道咖啡杯的秘密？”

“我……我知道关于古德奈先生的全部秘密，也许我太爱他了，他去哪里都会跟踪他。”

“那你知道他打算出狱之后向你求婚吗？”

“啊……你说什么？”牛角包小姐瞪大眼睛望着我，好像我在撒谎，其实我说的是实话。

“古德奈先生告诉我他打算出狱后向你求婚，如果那个时候你还在等他的话。”

牛角包小姐用力地吸了吸鼻子，像是在阻止自己掉眼泪，不过很快她就开始大声地哭泣。

过了很久，牛角包小姐才停止了哭泣，她拿纸巾擤了下鼻涕：“对了，贡丸，你别告诉古德奈先生我在使用自慰器，其实我只是需要一点安慰，不过从今天起就不会使用了。”

我点点头，抱了抱牛角包小姐。

八、维尼熊的妙想世界

核桃先生邀请我去小镇的教堂听音乐会，我决定穿一条蓝色的天鹅绒长裙出门，因为它的一字领让我的锁骨看起来很迷人。

我打算六点半的时候出门。我需要花十五分钟走到教堂，在音乐会开场前的十五分钟可以让核桃先生尝一尝我带过去的绿茶饼干，等音乐会结束后，我会把这一小袋饼干都送给他。我想核桃先生一定会夸奖我身上这条漂亮的裙子，还有我亲手做的蕾丝发箍，他一定会说："贡丸小姐，你今晚太漂亮了，连月亮都嫉妒了。"

可是就当我准备出门的时候，我发现有一位陌生男士坐在我的沙发上。他戴着一顶黑色的高帽子，穿着一件黑色的斗篷和一双尖翘头黑靴子，用涂满黑色指甲油的手指端着一只陌生的骨瓷咖啡杯。我生气极了，冲着他大叫："嗨，你怎么可以不敲门就进入我家。”

大概过了很久，这位男士才缓缓地站起来，极其优雅地转过身——我发现他的脸色很苍白，像是被人抹了一层白漆；两个眼窝深深地凹陷下去，让人无法清晰地分辨出眼珠和眼白。

“一位妻子，是不应该称呼自己的丈夫为‘嗨’的。”他说话的语速慢极了，说完就翘起兰花指，指挥着水壶给咖啡杯加茶，甚至还把厨房里的一块抹布给召唤出来，擦干净刚才不小心漏在茶几上的残汁。

“先生，你是不是走错房间了？”我悄悄地向大门挪动，伸出右手抓住大门的把手，可是大门好像被人施了魔法，我根本拧不动，阳台上的花儿们也缩成一团。

“贡丸女士，我是你四百年前的丈夫拿铁先生，你是准备出门吗？虽然当面评价一位女士非常没有礼貌，可是我还是不得不说，这条天鹅绒长裙实在难看极了！噢，还有你头上那只蕾丝发箍，我实在不知道你上哪儿弄到这种芥末黄布料，它让你的头发显得枯黄极了，的确很枯黄。”拿铁先生端起咖啡杯喝了一口茶，他的这番话让我很恼火，于是我气呼呼地把袋子朝他扔过去，不过他居然躲闪开了。我以为拿铁先生会还击我，没想到他只是抿着嘴朝我笑了笑，端着咖啡杯穿过餐厅朝我卧室走去。

“让我们来参观下亲爱的贡丸女士的房间吧——这是什

么？”拿铁先生从我的餐桌下捡起一条黑色渔网丝袜，还拿到鼻子前闻了闻，大概是被袜子上的臭味道给熏到了，他恶心地扔到了地上——这是我前天换下的丝袜，忘记扔进洗衣机了。

“呃……夏天穿的裤子，很凉快！”我慌忙捡起丝袜，胡乱塞进一个箱子里。

“一位淑女怎么可以穿裤子？！”拿铁先生吃惊地望着我，我终于看清楚他眼窝中那两颗暗绿色的眼球，我本来打算继续解释一下，但是拿铁先生很快就忘记了这件事，因为他发现了更多稀奇古怪的东西了。

“这是什么？箱子里怎么可能有这么多小矮人，他们还在说话，一定是巫术！”“这是什么？为什么它会把我的斗篷吸进去？啊，我的脚也被吸进去了，巫术！”“这又是什么？居然可以发出热风，不过这点能量根本无法与我比，不堪一击的巫术！”

天啊，我的电视机、吸尘器和吹风筒通通被拿铁先生劈成了两半，我立刻跑到床前抱住我刚买回来的台灯。

“你抱着的是什么东西？贡丸女士。”拿铁先生像风一样飘到我跟前。

“没……没什么？这不是巫术，这是台灯，晚上用的。”我小心翼翼地拉了一下电线，台灯“啪”的一声亮了。

拿铁先生慢慢地弯下腰，靠近我的鼻子，突然他咧开嘴笑起来，露出一排青白色的尖牙，我立刻捂着脸尖叫，怀里的台灯“啪”的一下掉在地上，又变成两半了。

“这么晚了，你该睡觉了。”拿铁先生转过身，床上的被子自动掀开一个角。

“可是我还要出去听钢琴演奏会，核桃先生还在等我。”

“一位女士怎么可以违背丈夫的意思，晚安！”拿铁先生挥了挥手，我立刻被塞进被子里，手脚都被按在床垫上，怎么也动弹不得。

“喂，你去哪儿？放我下来。”

“我回隔壁的墓地里，明早见，贡丸女士！”

“维尼熊，救命！”

维尼熊仿佛消失了，任凭我怎么叫唤，房间里始终只有我一个人。

1

我告诉多肉太太我今天不能和她喝下午茶了，因为我患了很严重的感冒，这几天都无法出门，不过我允诺她下个礼拜一定去看望她。

电话那头多肉太太有点生气，不过她依然安慰着我，希望我可以尽快恢复健康。多肉太太最近开了一家咖啡馆，生意好得不得了，多肉太太都快忙成一个陀螺了。

我挂掉电话，小心翼翼地望着拿铁先生。他今天没有戴那顶高帽子，黑色的长发紧紧贴住苍白的皮肤——我才发现他的脑袋非常大，但是耳朵却非常小，而且还长在脑袋上面，远一点看，像一只熊。

拿铁先生并没有察觉到我在观察他，他依然用他涂满黑色指甲油的手指端着我最爱的骨瓷咖啡杯，不过我想他很快就会消失了，因为我在咖啡杯底放了一个十字架!

“贡丸女士，你能告诉我，这是什么？”拿铁先生伸出纤细的手指从咖啡杯里面夹出一个十字架，并且把它拿到眼前认真地研究。过了很久，他才醒悟过来，生气地把十字架扔进了垃圾桶，“贡丸女士，你居然认为你的丈夫拿铁先生是一个吸血鬼！”

“我……我只是不小心把十字架掉进咖啡杯里。”我慌忙找寻一个恰当的理由，可是拿铁先生很是恼火，他伸开五指，恨不得把我的脸蛋撕成碎片，可是很快他就克制住自己内心的怒火。

拿铁先生转过身，深深地吐出一口气，这口气好像是从他的肚子最底层吐出来的，导致他再次面对我的时候整个纸片是瘪了一样。

“贡丸女士，我想也许我需要帮你回忆一下四百年前的事。”

“四百年前，我还叫贡丸吗？”

“对的，不过四百年前的你比现在淑女多了，绝对不会在咖啡杯里放十字架，也不会在夏天穿裤子！冬天也不会穿！”拿铁先生指挥着水壶重新帮他倒了一杯茶，然后坐在沙发上开始给我讲第一个故事：

我和你的婚礼是在降临节这天举行的。那天天气糟糕极了，一会儿下小雨，一会儿又是阴天，草地变得湿漉漉的，你的白色婚纱上面都是一些泥点。客人们也不高兴，穿着套装的蛋黄酱先生一直想把他腰上那条粗皮带解开，因为它勒着他那硕大的肚子；爱嚷嚷的牙签姨妈总是在数落着那个叫蓝莓的女人，她总觉得蓝莓在勾引她的丈夫；还有大声说着脏话的姜饼先生，他一直盯着那位戴着尼龙手套和仿造珠宝的肥胖女人，最后婚礼结束的时候他偷走了肥胖女人那条仿造金项链。

尽管我很不喜欢这些场面，不过我还是很耐心地等待着牧师叫出我俩的名字。可是就当牧师说完最后一句话的时候，草地里跑出一只肥胖的兔子，对！就是那只肥胖的兔子，它居然叼走了你的戒指，我拼命地追赶它，可还是让它逃进了兔子洞里。

你很难过，整夜整夜睡不着觉，我不知道如何安慰你，只好祈求上帝让你尽快忘掉这件不愉快的事情——我重新送了你一枚更昂贵的戒指，说实话它比你之前遗失的那枚戒指精致多了，可是你依旧很伤心，我不得不命人去搜寻那只该死的兔子。

我花了三个月的时间，终于找到了那只肥胖的兔子，不，不是我找到它，是它主动过来找我。它像一个直立行走的人一样出现在我面前，然后用力地蠕动着它的三瓣嘴，最后，我居然发现它在对我说话，它是这样说的：

“拿铁先生，我可以把你妻子的戒指还给你，但是我希望你能在你的领地里把所有的莴苣都改名叫做胡萝卜。”

我当然不会同意这个过分的要求，我立刻命令士兵把兔子捉住，关进一个大铁笼子里。可是它并不是一只普通的兔子，第二天它居然让一个胡萝卜帮它打开了笼子的大门，然后它再一次出现在我的面前。

和上次一样，它依然要求我把所有的莴苣改名叫胡萝卜，它还威胁我，如果我不答应我将会变成一个无法死掉的吸血鬼！

就在我犹豫的时候，那只该死的兔子却在倒计时了，还没等我想好，我突然发现我已经呆在棺材里了，于是我一直在孤独地等待那只兔子的出现。

“啊！你真的是一个吸血鬼！”我立刻紧紧捂住自己的脖子，我担心拿铁先生会不会突然上前咬住我。

拿铁先生冷笑一声，并不理会我的行为，他走到镜子前，镜子里面出现了一个悬空的咖啡杯，并没有看见拿铁先生。

“我是一名吸血鬼，但绝不会同那些粗俗的吸血鬼一样，害怕十字架！吸取人血！”

“那你吃……吃……啥？”我胆怯地问拿铁先生。

“我吃……吃……雄蚊子！”

“啊！雄蚊子！”我大吃一惊，第一次听说吸血鬼不吸人血而改吃雄蚊子，拿铁先生用力地咳嗽了几声，斜着眼睛盯着我，我立刻闭上了嘴巴。

“现在我们需要找到那只该死的兔子，这才是最要紧的事情。”

“可是即使找到那只兔子，然后呢？”

“然后把它的头砍下来，我就可以重新成为一个人，我当了四百年吸血鬼，实在不想继续了。”拿铁先生沮丧起来，用双手盖住眼睛，我不知道该怎么安慰他，只好鼓起勇气把左手搭在他的肩膀上，拿铁先生突然伏在我的左手上大哭起来，我的手上立刻出现透明的蓝色液体，美丽极了。

“好吧，我帮你去找那只兔子，请问我该去哪里找呢？”

“我已经嗅到了那只兔子的气息，它一定就在这个小镇上。”拿铁先生抬起头，又恢复了之前阴冷的眼神，“你把这颗萵苣扔在小镇广场上，只要出现一个把它称为‘胡萝卜’的人，就一定是那只该死的兔子！”

2

这颗莴苣在广场上呆了三天，还是没有出现一个把它叫作“胡萝卜”的人，我不得不向多肉太太继续撒谎，多肉太太忙得都没空和我说话，只是在电话里“嗯嗯嗯”的应答我。

“贡丸小姐，你怎么在这里？”抱着一大袋面包的核桃先生突然在广场的柱子下发现了我，他很开心地坐在我身边，顺便给了我一块刚出炉的牛角包。

“我……我……出来散个步。对了，上次我感冒了，所以没有去听教堂音乐会，对不起，核桃先生。”

“噢，没有关系，我亲爱的贡丸小姐，听说你得了很严重的感冒，可是为什么你不躺在床上呢？广场上的风很大。”

“呃……”其实我很想和核桃先生说实话，可是我想到拿铁先生那双涂满黑色指甲油的手，我又把话咽了下去。

“咦……这是什么？”核桃先生捡起我脚边的那颗莴苣，“让我想想，这是颗胡萝卜？”

“核桃先生，你刚才在说什么？”我转过身，惊恐地望着核桃先生。

“呵呵，我说这颗莴苣是不是胡萝卜呢，我想逗你开心一下，看你一直闷闷不乐的样子。”核桃先生把脸伸了过来，和我的鼻子碰了一下，这是我最喜爱的打招呼方式，但是今天我却没有任何兴趣，我惊恐地望着核桃先生，难道拿铁先生要砍掉他的脑袋?

“核桃先生，你快离开这里，这里很危险！”我慌忙推开核桃先生，他怀里的面包都散落在地上。

被我吓坏了的核桃先生无辜地望着我，也许他会想，我只是和你开了一个玩笑，为什么你会变成这样？可是我多么希望刚才的玩笑没有发生过，我现在只能祈祷拿铁先生不要察觉我今天的异常。

但是，我忽视了广场中间那几只该死的乌鸦，它们在我回到家之前就把这件事告诉了拿铁先生，甚至还把核桃先生和我碰鼻子的事情也告诉了拿铁先生，我想我应该会被拿铁先生撕成碎片。

拿铁先生依旧坐在沙发上，翘起兰花指端起我的咖啡杯，不过今天晚上他改喝了咖啡。我不敢靠近他，只好蹲在客厅的角落里。我突然很想念维尼熊，他跑到哪去了，难道被拿铁先生给弄死了吗?

过了很久，拿铁先生终于开口说话了：“噢！我想起来了，他是那颗胡萝卜，对！他就是那颗把兔子从铁笼子放出来的胡萝卜，那只兔子是肯定不会拿萵苣的名字开玩笑的！”

“那……那你也要砍掉核桃先生的头吗？”

“胡萝卜是没有头的，不过我会拔掉他的叶子。”拿铁先生站起来，在客厅里走来走去，最后他居然站在了茶几上，对着窗外的月亮高举着咖啡杯，突然咖啡杯里的咖啡全部跳了出来，变成一颗颗褐色的水珠在地上不停地弹跳。

“跟着咖啡水珠走！”拿铁先生从茶几上跳了下来，把我卷进他的斗篷里，我们俩跟着咖啡水珠跑出门。

咖啡水珠在马路上不停地弹跳，似乎想带我们去某个地方。我们路过公园，吵醒了正在睡觉的小狗；穿过戏院，撞见正在偷情的朱古力小姐和伏特加先生，最后我们在一棵苹果树下停了下来。

咖啡水珠在苹果树下停了下来，汇集成一条直立的水柱。拿铁先生对着水柱伸出右手手掌，水柱从他的掌心钻了过去，又把他的右手整个包裹起来，拿铁先生的右手手掌立刻变成了一把铜钥匙！拿铁先生把钥匙伸进苹果树的树洞里，向左拧了一下，又向右拧了一下。

“尊贵的拿铁先生，我在这里等候你多时了。”刚才还纹丝不动的苹果树居然向拿铁先生鞠了一个躬，然后它转过来，抓住我手背亲了一下（实际上是刺了一下），“这位应该是美丽的贡丸女士，我是苹果先生。”

“你……你好，苹果树先生。”我在苹果树前瑟瑟发抖，我实在不敢相信苹果树居然可以开口说话。

“贡丸女士，我是苹果先生，苹果树先生是我的父亲，它在 1200 年，不对，它在 1100 年，哎呀，我想不起来他在哪一年去世的了，总之苹果树先生是我的父亲。”听到我把它的名字念错，苹果树好像不太高兴。

“好了，苹果先生，快把可以砍断兔子脑袋的斧头给我！”拿铁先生显得很不耐烦，苹果先生只好马上暂停和我的对话。

苹果先生抖了抖身上的叶子，叶子纷纷落下，我突然发现在苹果树的左上方的枝叶里有一个巨大的鸟窝。苹果先生伸出一个枝条从鸟窝里拿出了一把斧头，把它递到拿铁先生的手中。

“尊贵的拿铁先生，这是您需要的斧头！”

“很好！我要砍掉那只该死的兔子的脑袋！哈哈！”拿铁先生兴奋地举起斧头，发出可怕的笑声。我捂住耳朵，担心着核桃先生的脑袋会不被砍下来，最后，我终于忍不住开始流眼泪了。

3

除了核桃先生，再也没有出现第二个人把莴苣叫成胡萝卜了，拿铁先生很是恼火。

我已经连续三个礼拜躲着多肉太太，我想我该发明一个新的疾病才可以骗过多肉太太，不过后来有人告诉她我每天都会呆在广场的柱子下面，多肉太太终于生气了。

“贡丸小姐，请问你不是患了很严重的感冒吗？”怒气冲天的多肉太太鼓着眼珠瞪着我，额头上的青筋由于过分生气全部暴露出来，看起来很是吓人。

“呃……多肉太太，下……下午好。”我抖抖索索地站起来，我很担心多肉太太的眼珠会不会因为过于生气从眼眶里掉出来。

“我一点儿都不好，我把你当成最好的朋友，可是我咖啡店开张那天，我亲爱的贡丸小姐居然呆在广场上盯着一颗胡萝卜发呆！”多肉太太愤怒地叉着腰，斜着眼睛盯着那颗已经焉了的莴苣。

“多肉太太，你说这是一颗胡萝卜！”我捂着脸尖叫起来，广场上的乌鸦们立刻“哇哇”叫着飞散出去，我想应该是去通知还在墓地里睡觉的拿铁先生。

“贡丸小姐，这就是一颗焉了的胡萝卜，你不会以为这是一颗莴苣吧！嚯嚯，你果真是得了很严重的感冒，居然以为这是莴苣！”多肉太太叉着腰，两片猩红的嘴唇不停在蠕动，我感觉她脑袋上好像竖起一对大耳朵，渐渐地，她鼓起的眼珠越来越红，最后一只肥胖的大兔子出现在我面前。

“贡丸小姐，你在听我说话吗？”多肉太太向我靠近一步，用力摇晃着两眼迷蒙的我，我终于从兔子的幻觉里清醒过来。

“多肉太太，你赶快走吧！有人要砍掉你的脑袋！”我焦急地望着快要落山的太阳，乌鸦们应该叫醒了拿铁先生，很快拿铁先生就会出现在广场上。

“有人要砍掉我的脑袋？哈哈！”多肉太太突然被我戳中了笑穴，在广场中间大笑起来，最后她居然捂着腰蹲在地上了。

乌鸦们又飞了回来，停在广场的柱子上面，看戏一样站好了队形。我很沮丧，因为我阻止不了大笑的多肉太太，她好像准备笑一晚上。

天终于全部黑了下去，广场上的人越来越少，只剩下蹲在地上大笑的多肉太太，还有束手无策的我。我听见了棺材里的拿铁先生的打哈欠声，他说不定还绕回我家拿了那只骨瓷咖啡杯，顺便倒了一杯桂花茶，这是我家最后的一袋桂花茶，拿铁先生很喜欢这股味道。

广场上的乌鸦们突然“哗”一声全部飞到了我的后面，我小心翼翼地转过身，举着咖啡杯的拿铁先生正站在我身后，乌鸦们停落在他四周。

“多肉太太，快跑！砍你脑袋的人来了！”我尖叫一声，把乌鸦们都吓飞了。

多肉太太抬起头，她蹲在地上很仔细地看了看举着咖啡杯的拿铁先生，突然她再一次大笑起来，这一次比上一次笑得更加厉害，她差一点儿岔气了：“哈哈，你……你说这个涂了一层白油漆的人要砍掉我的脑袋，太好笑了！”

拿铁先生高傲地仰起头，瞥了一眼地上的多肉太太，他甚至都不想和她说一句话，仿佛这样做会令他的身份受到侮辱。

拿铁先生把骨瓷咖啡杯悬浮在空中，慢慢掀开他的斗篷，拿出苹果树那柄斧头。月光下斧头发出亮闪闪的寒光，乌鸦们兴奋地大叫起来，我拼命地摇晃多肉太太，可是多肉太太已经笑到躺在了地上。

“去死吧！兔子！”拿铁先生挥舞着斧头大叫一声，青色的獠牙从嘴里生长出来，多肉太太的脑袋马上从她的身体上滚落下来。

可是没有脑袋的多肉太太居然站了起来，在广场上拼命追逐着她的脑袋。脑袋越滚越快，没脑袋的身体也跟着加快速度。

“贡丸女士，快阻止胡萝卜帮兔子追到脑袋！”拿铁先生突然指着广场中间出现的另一个身影，我眯着眼睛仔细一看——啊！居然是穿着睡衣的核桃先生，他怎么会出现在这里，他像着了魔一样跟随着多肉太太的身体追赶着那颗脑袋。

拿铁先生掀起斗篷朝多肉太太的脑袋飞了过去，他在空中朝我大叫：“贡丸女士，快拔掉胡萝卜身上的叶子！”

“可是，叶子在哪里？”我也朝着脑袋狂奔，还好广场是一个圆形，很快我就在某一个点与脑袋交汇，可是脑袋跑得很快，它很快就从我的脚边滚了过去，于是我又遇见了没有脑袋的多肉太太，还有空中的拿铁先生，最后撞上闭着眼睛的核桃先生——他还在打着呼噜，难道他在梦游吗？

“在他的肚脐上面！”拿铁先生继续和没有脑袋的身体赛跑，可是脑袋滚得更快了，过了一会儿，那颗脑袋居然飞了起来。

我用力抱住核桃先生，他居然停了下来，但是他的双手还在做着跑步的姿势，我鼓起勇气掀开他的上衣，核桃先生的肚脐上果然长了三片叶子！

我扯掉三片叶子，核桃先生立刻晕倒在地上，我朝空中的拿铁先生挥舞着三片叶子，拿铁先生兴奋地朝我吹起了口哨，可是就在他转身看我的时候，他撞上广场上的柱子！

还在飞翔的脑袋看见了这一幕，又忍不住停下来咧开嘴大笑起来，接着没有脑袋的身体也跟着笑了起来，只不过身体不能发出笑声，只能捂着肚子蹲在地上，于是拿铁先生立刻站了起来，抓住了那颗还在发笑的脑袋。

“乌鸦们，把这颗脑袋扔进树林里去！”拿铁先生把这颗脑袋扔给了柱子上看戏的乌鸦们，乌鸦们衔起咧开嘴大笑的脑袋朝黑森林飞去。

拿铁先生深深地呼出一口气，取下悬浮在空中的咖啡杯，我才发现他的脑袋上冒出了一个肿包。

“贡丸女士，可以陪我走一段路吗？”拿铁先生喝完咖啡，温柔地望着我，这种眼神让我忍不住打了一个寒战。

“嗯……嗯……可是核桃先生，还有这个没有脑袋的多肉太太，怎么办？”

“噢……明天太阳升起来的时候，一切都会变好的。”拿铁先生抿着嘴朝我笑了笑，然后举着咖啡杯朝墓地走了过去。

4

棺材里的拿铁先生显得疲惫极了，好像随时都可以睡过去，不过他还是硬撑着给我讲了第二个故事：

城市里有很多很高的建筑，他们每天晚上趁人们睡着的时候开始行走，第二天天亮的时候又走回原来的位置。

有一天，他们遇见一个年轻的吸血鬼，吸血鬼以为他们是另一种人类，于是咬了一口最高的那栋建筑，最高那栋建筑太坚硬了，吸血鬼的牙齿立刻掉光了，吸血鬼只好不停地哭泣。

后来，吸血鬼的同伴问那个吸血鬼为什么要哭泣？他说我的牙全掉了，另一个吸血鬼说你掉的是乳牙，会长出来的，吸血鬼哭得更伤心了，他说可是我掉的是恒牙，我的牙齿都掉光了，我不能再吸血了，于是所有的吸血鬼都离开了他。

“拿铁先生，我听不太懂这个故事。”

“这个故事是我的母亲讲给我听的，我之前也不太懂，后来我一个人经历了四百年的孤单，我终于明白了，寂寞才是一个人最可怕的事情。”

“难道你这么辛苦地砍掉兔子的脑袋就是为了死亡吗？”

“由死而生。”拿铁先生说完最后一句，终于闭上了眼睛，我帮他盖好棺材，把从核桃先生身上拔下来的三片叶子放在了墓碑旁边，墓碑上刻着：“拿铁先生，喜欢喝咖啡，不喜欢刷牙，最后长了一颗很严重的蛀牙，拔牙过程中死于坏血症。”

5

掉了脑袋的多肉太太又长出了一颗新脑袋，这颗新脑袋比之前那颗小一点。我想正是因为小了一点，所以脑袋只好抹去一些过去的记忆，多肉太太记不起昨晚她被拿铁先生砍掉脑袋的事情，也记不起我爽约的事情，她像往常一样在咖啡馆里忙碌起来。

“多肉太太，早上好！”核桃先生睡眼惺忪地走进店里，他要了一块松饼和一杯不加糖的咖啡。

“核桃先生，昨晚没有睡好吗？”我把早餐端给核桃先生，并且下意识地看了一眼他的肚子。

“我昨晚做了一个很奇怪的梦，我梦见我在广场上跑步，还梦见了你，你一直在亲吻我的肚脐！”核桃先生喝了一口咖啡，一副无精打采的样子。

“噢……确实是一个奇怪的梦，我怎么会亲吻你的肚脐，咯咯。”我捂着嘴偷偷地笑，顺便又看了一眼核桃先生的肚脐，我突然开始担心核桃先生的肚脐会不会出现什么奇怪的反应。

今天的天气很奇怪，一会儿出太阳，一会儿居然又下起了小雨。下小雨的时候，咖啡馆里走进来一个陌生女人，她的大衣上都是小水珠，她一坐下来就开始抱怨起这该死的天气，可是尽管这样，她依然戴着那顶湿哒哒的帽子，弄得她的椅子旁边都是水。

我忍不住多看了她一眼，她立刻警觉起来，尽量把脑袋缩进大衣里，我只好假装在吃早餐。过了一会儿，她居然起身离开了咖啡馆，我立刻追了出去。

陌生女人朝着黑森林的方向跑了过去，尽管她的步伐非常小，但是速度却非常快，很快我就看不见她了。

“夫人你在哪儿？”我在黑森林里大叫起来，把树枝上的鸟都吓飞了，突然我发现我眼前的树杆上吊着一只毛绒熊，我定睛一看，居然是维尼熊！

“快……快救我下来。”维尼熊痛苦地发出声音，他身上的毛绒由于很多天没有打理，看起来脏极了。

“天啊，你怎么会出现在这里。”我慌忙把维尼熊脖子上的绳子解开，维尼熊依旧无法正常说话，只是不停地咳嗽，他的身后还背着一个破旧的书包。

我打开书包，里面放着一个骨瓷咖啡杯（或许是我看花眼了，可是我总觉得这就是拿铁先生用过的骨瓷咖啡杯），还有一本Bram Stoker写的《德古拉之吻》，这本书应该被主人翻阅了很多次，显得极其破旧不堪，书的封面都快掉了。

“嗨，维尼熊，我以为你会带着《鲁滨逊漂流记》离家出走，没想到居然你会挑中这本吸血鬼的书。”

“别跟我提吸血鬼了。”维尼熊坐在石头上不停地咳嗽，仿佛有一团气体正堵在他的喉咙，他用尽全力也要把它咳出来。

“要我帮忙吗？”

“当然，如果你愿意的话。”维尼熊转过身，背对着我，“死劲拍打我的背！我快被这团气给闷死了。”

我用力朝着维尼熊的背拍了一掌，由于太过用力，维尼熊居然飞了出去，等我找到他时，他已经比之前好多了。

“我们回家吧。”维尼熊站起来，拍了拍身上的树枝，我却在树林里再一次看见了那个陌生女人，她似乎在像我们微笑，我眯缝着眼睛，依然无法把她的容貌看清楚。

“她是红头发太太。”维尼熊望了远处树林一眼，那个陌生女人立刻朝他挥挥手，“我想我该把咖啡杯还给她了。”

“咖啡杯？维尼熊，我们是不是得好好谈一下！”我睁大眼睛望着维尼熊，维尼熊却假装无所谓的样子。

“整件事情大概是这样……“维尼熊支支吾吾起来，我却不耐烦地白了他一眼，最后维尼熊不得不立刻转入正题，“我想我可能看这本《德古拉之吻》走火入魔了，有一天我突然特别想成为德古拉伯爵，于是我就去找红头发太太。她告诉我杂货店正在出售一个骨瓷咖啡杯，如果使用这个咖啡杯就可以变成我想变成的角色，甚至还可以让身边的人变成我喜欢的角色……不过直到最后我都没办法把你变成我的太太。”

“哦，天啊，你的咖啡杯可以借我用一下吗？我想变成《爱丽丝漫游奇境记》的爱丽丝，或者《绿野仙踪》里的多罗茜，哪一个都可以。”

“这个可不行。”维尼熊本来以为我会因为这件事而发怒，没想到我居然对这个骨瓷咖啡杯充满了巨大的兴趣，这让他大吃一惊，他不得不紧紧捂住咖啡杯，“红头发太太不会同意的。”

“这个杯子你已经付钱了，红头发太太才不会管这么多闲事。”我兴奋地伸出手去抢夺这个咖啡杯，维尼熊死命捂着咖啡杯，突然咖啡杯从我们俩手里跳了出来，朝着远处树林跑了过去，还没有等我们反应过来，它已经消失不见了。

“你看，你看，我都说了红头发太太不会同意的。”维尼熊摊开双手，无奈地耸耸肩。

我依旧不死心，猫着腰在树林里找了很久，直到太阳落山，我才无可奈何地走回家，维尼熊趴在我背上，发出沉重的呼噜声。

6

等我把这个故事讲给核桃先生听时，已经过了大半个月了。核桃先生先是大笑了一番，接着他又好奇地问我他肚脐上的那三片叶子究竟长成啥样，我还没想好用哪个形容词，核桃先生却开始沉默了。过了好一会儿，他才开口：

“做自己不是更好吗？”

“可是我还是想变成爱丽丝，或者多罗茜。”我沮丧极了，两条眉毛拧成一团，“不过维尼熊最后也没有把我变成他的太太。”

“唔，我想是因为你心里已经有爱的人了，所以他无法改变你的内心，爱情的力量有时候会超乎你的想象。”核桃先生微微笑着，仿佛看穿了我所有的心思。

九、蓝莓太太的丈夫们

这本来是一个阳光明媚的下午。

我费了很大的劲儿才把客厅的地毯搬到阳台上，因为维尼熊说这块地毯上爬满了上万条螨虫，如果他们一起打喷嚏，可以把我从客厅一直吹到阳台上，假如我一不小心没有站稳，摔下楼也有可能。

我讨厌这样没有事实没有根据的定论，不过我依然乖乖地把地毯搬了出来。我想趁着下午阳光这么好，让地毯晒晒太阳也是一件很惬意的事情，可是我忘记提醒楼上的蓝莓太太，她正好在浇花，于是在一个阳光明媚的下午，我的整块地毯都湿透了。

我愤怒地敲着蓝莓太太的房门，却听见里面传来激烈的争吵声，准确地说是蓝莓太太的独叫声，她似乎在尖声地训斥蓝莓先生。可怜的蓝莓先生最后只能拎着外套走了出来，蹲在走廊里无奈地抽着水烟。

我猜想蓝莓先生一定在意大利饺子出锅时少洒了一汤勺芫荽油，不过也有可能是忘记把清洗过的咖啡杯倒放在吧台，或者是进门的时候把脱掉的鞋头朝向了大门……总之他一定是破坏了蓝莓太太的固定习惯，所以蓝莓太太才会如此生气。

走廊上的蓝莓先生吐出一个椭圆的烟圈，这个烟圈很快就爬到了蓝莓先生的头顶上，恶作剧似的套在蓝莓先生的脑袋上，蓝莓先生用力地挥手想赶走烟圈，最后烟圈跑进了他的鼻孔里，导致蓝莓先生不停地咳嗽。

这一幕滑稽极了，我忍不住笑出了声。我本来打算和蓝莓先生说说地毯的事情，最后变成我把所有笑声都憋进了肚子里，鼓着通红的腮帮望着蓝莓先生。

蓝莓先生朝我苦笑了一下，他经常对人苦笑。

蓝莓太太还在房间里大声谩骂着，整栋楼都可以清晰地听见她说的每一个字。她像翻衣柜一样，从十年前的一件小事开始抱怨，一直抱怨到前一秒发生的事情，每说完一件事之后就会总结“真不知道我当时怎么嫁给他了。”

“我真希望他们俩离婚！”维尼熊打开唱片机，把唱片机声音开到最大，很快就淹没了蓝莓太太的谩骂声，同时也淹没了敲门声，直到我们感觉门后挂钩上的风铃开始疯响时，我们才意识到有人正站在门外。

我透过猫眼看了一眼，居然是蓝莓太太，她戴着一顶夸张的浴帽，睫毛膏还没有卸掉，看样子刚才应该在洗澡。

我示意维尼熊把唱片机关掉，可是维尼熊却没有看见我的暗示动作，依然翘着二郎腿坐在沙发上，我只好自己走过去拔掉电源，很快我们就听见蓝莓太太尖声的叫唤声：

“贡丸小姐，你以为我不知道你在家吗？”蓝莓太太气呼呼地盯着我，我只好解释我刚才正在欣赏音乐，没有听见她在敲门。

“我在你这个年龄阶段时也很喜欢 *Russlan and Ludmilla*，不过我现在觉得这样的歌剧实在太吵闹了。”蓝莓太太对我的解释并不感兴趣，她绕过我，直接坐在沙发上，维尼熊被她重重地压在了屁股下面，我立刻发出尖叫声，可是蓝莓太太并没有被我的声音影响，她开始和我聊起天来。

“贡丸小姐，听说在黑森林里面有一位卖咖啡杯的老太婆，我想去她那儿买一个咖啡杯。”

“喝牛奶用吗？还是用来喝咖啡？——蓝莓太太，你要不坐到这边来，我觉得这把椅子比沙发更加舒服。”我故意诱惑着蓝莓太太，可惜她依然没有任何反应。

“我想换一个丈夫，我受不了蓝莓先生了，他实在太愚蠢了。”

“你比他更愚蠢。”蓝莓太太屁股下的维尼熊闷声闷气地吐出一句话，吓得我连忙把唱片机重新打开。

“贡丸小姐，你家还有其他的人吗？”

“其他的人？我什么也没有听见。对了，蓝莓太太，你想换一个怎样的丈夫？”我赶紧转换话题，蓝莓太太沉思了一会儿，接着她又站起身来走到镜子前，我赶紧捡起维尼熊扔进了被窝里。

“如果我再年轻十岁，我就换一个像柠檬先生一样的丈夫，可惜我现在腰上全是赘肉……要不，我换一个像榛果先生一样的丈夫吧，榛果太太每天都会和我吹嘘他先生又送礼物给她了。”

“我想这个愿望应该很快就会实现，如果你现在赶去红头发太太的杂货铺的话。”我看了看窗外的太阳，还需要三个小时才会完全落山，“我可以把我的单车借给你，你也可以找布蕾先生借他的车。”

“我还是去借布蕾先生的车吧，我不喜欢单车车轮与地面发出的摩擦声。”蓝莓太太转过身，从我身边绕了过去，走到门口时她突然响起一件很重要的事，“贡丸小姐，我每天下午 3 点到 4 点会出门买菜，这个时候你可以听唱片机，否则你的音乐会影响到我的心情，我不喜欢 *Russlan and Ludmilla*。”

大门发出“砰”的一声，维尼熊从被窝里探出脑袋，“上帝啊，我刚才差点儿被她压死了！”

1

我实在无法接受变成榛果先生模样的蓝莓先生。

或者我该改叫他榛果先生好了，因为他已经完全忘记了自己曾经是蓝莓先生，甚至连走路的模样都开始改变，迈着小细步，翘着兰花指，说话声音软绵绵的。

可是蓝莓太太喜欢这样的丈夫，她喜欢比她更加有强迫症和洁癖的人，比如进门前必须把鞋按颜色摆放整齐，比如清洗过的咖啡杯必须用干抹布擦干净之后倒挂在铁架上，比如意大利饺子出炉之后两分钟之类必须淋上三勺芫荽油……除此之外，榛果先生还喜欢给蓝莓太太送花，前天送的蓝色玫瑰，昨天送的粉红色康乃馨，今天送的香水百合——明天不知道送什么花，反正榛果先生送的每束花都让蓝莓太太欣喜若狂。

蓝莓太太终于不再抱怨了，因为现在的生活比她想象中还要好，她开始和榛果太太一样炫耀着丈夫对自己的好，见人就夸，整栋楼的人都知道她现在的生活比吃了蜜还甜。

“贡丸小姐，你明天下午有空吗？我想举办下午茶PARTY，邀请整栋楼的人参加。”描着夸张眼线的蓝莓太太在走廊截住我，我本来明天就没有任何安排，所以就答应她的邀请，不过维尼熊却很不愿意参加，他实在受不了榛果先生身上的香水味道。

“他喷的是玫瑰味道的香水，再混杂一点男人的汗味，我无法接受。”维尼熊撇着嘴，做出一副很不屑的样子。不过最后我依然成功游说他参加PARTY，因为我告诉他榛果先生做的牛角酥很好吃。

榛果先生做的牛角酥的确很好吃，制作的香草拿铁也很好喝，而且还很细心，给每位宾客都准备了一块干净的手帕，用来擦干净嘴角的残留物。我把手帕塞进了篮子里，打算吃完之后再使用，可是这一幕却被榛果先生看见了。

“天啊，贡丸小姐，你怎么可以把手帕胡乱塞进脏兮兮的篮子里呢，手帕上会沾满细菌，细菌会跑进我们的身体，我们就会得病！”

我打了一个饱嗝，茫然地望着榛果先生，榛果先生觉得我没有理解他的意思，于是他再一次强调了一遍，我只好把手帕拿出来，放在了吃剩的盘子里。这个动作导致榛果先生发出了恐怖的尖叫声，吓得我把盘子也给打碎了。

“对不起，蓝莓太太，我想我该回去了。”我沮丧地和蓝莓太太告别，她却忙着和其他客人炫耀榛果先生送她的鲜花，我只好低着头匆匆地离开。

刚到家，我就听见楼上传来噼里啪啦的争吵声，接着客人们纷纷走下楼，蓝莓太太的抱怨声再一次响起来。

“蓝莓太太不是和客人们在炫耀她的鲜花吗？难道榛果先生又变回了蓝莓先生？”维尼熊很不理解楼上发生的事情，他决定再一次打开唱片机，可是就在这时有人用力地拍打我家的大门。

“贡丸小姐，你快让我进去躲一会儿，我实在忍受不了榛果先生的行为了。”蓝莓太太气呼呼地站在门外，我一开门，她就走了进来，一屁股坐在沙发上——这次维尼熊躲开了。

“我原来以为榛果先生会比较细腻，可是他显然是细腻过头了！”

“可是蓝莓太太你刚才还夸榛果先生是一位好丈夫呢。”我扬起下巴，模仿着蓝莓太太刚才说话的模样，蓝莓太太却开始号哭起来。我不知所措起来，担心是不是自己刚才的行为激怒了蓝莓太太，只好不停地抚摸着蓝莓太太的后背来安慰她。

“榛果先生居然规定我上厕所的时间，我在厕所超过五分钟他就会敲门，跟我说蹲久了会得痔疮，很大的痔疮，和我们阳台上月季花一样大。”

“这确实是一件让人难以忍受的事情，我最喜欢坐在马桶上看书，如果谁打扰了我，我一定会排泄不正常。”

“我想再换一个丈夫，我觉得榛果先生不太适合我。”蓝莓太太望着天花板上的气球——这是我昨天在中心广场买的，维尼熊不小心放走了一个，现在只剩下一个气球孤零零地飘在天花板上。

“其实女人都需要一位可以包容自己的丈夫，像父亲一样……”蓝莓太太像是在自言自语又像是在对我说话，最后蓝莓太太把目光移到了我身上，“就像核桃先生包容你一样，我也渴望这样的爱情。”

我愣了一会儿，其实我想说我经常见不着核桃先生，甚至他都不会告诉我他上哪去了，可是话到嘴边又被一股力量给压了下去，大概是我的自尊心在作怪。

“要不我换杏仁先生做我的丈夫。”想到这里，蓝莓太太突然兴奋起来，我本来想说还可以再想想其他人选，可是我又担心蓝莓太太会打核桃先生的主意。

于是我表示赞成，维尼熊为此取笑了我好几天。

2

杏仁先生实在太适合蓝莓太太了，这是我从蓝莓太太少女般的笑容里揣测出来的。

杏仁先生喜欢称呼蓝莓太太“小甜心”，有时候还会叫她“奶油糖”或者“巧克力豆”，这样的称呼让维尼熊很受不了，每次听见杏仁先生在阳台上呼喊蓝莓太太时，维尼熊就会打开唱片机。

“还不如听到蓝莓太太的训斥声，这样的称呼让人浑身不自在。”维尼熊继续播放着 *Russlan and Ludmilla* 节选，最近这段时间蓝莓太太再也不抱怨我们家音乐声音太大了，看来爱情的力量是无穷的。

“女人都喜欢听甜言蜜语，如果核桃先生哪天可以在‘贡丸’前面加一个‘甜美的’形容词，我一定会给他做一百个玉桂卷。”

“哦，这太难为情了，我想核桃先生永远无法成为那样的男人。”维尼熊不屑地耸耸肩膀，“不过听波斯菊们说，杏仁先生也会叫眼霜小姐‘小可爱’，还会叫隔壁街道上的柠檬太太‘小蜗牛’喔！”

“蓝莓太太知道这些事情吗？”我惊讶极了，我还以为杏仁先生只会对着蓝莓太太一个人使用这些‘让人浑身不自在’的称呼。

“当然不知道，你会允许核桃先生和一位女士手牵手一起喝下午茶吗？”维尼熊先生指了指隔壁阳台上的杏仁先生和可可粉小姐——此时可可粉小姐正甜蜜地躺在杏仁先生怀里，两个人喝着同一杯果汁。

天啊，我要不要通知正在草莓地里摘草莓的蓝莓太太，还是去提醒这两个人这样做是不对的。

维尼熊却一个都不赞成，他觉得这都属于别人的私事，我们要么选择安静地看戏，要么就拉上窗帘不去影响别人演戏。

“可是蓝莓太太知道此事之后一定会很难过！”

“那又如何，她自已选的杏仁先生做她的丈夫，而且她还十分享受这个过程——甜美的贡丸小姐，你希望核桃先生以后这样叫你吗？”维尼熊得意洋洋地望着我，我不得不承认我确实很容易被表面现象欺骗。

“蓝莓太太很快就要回家了，杏仁先生还打算继续搂着可可粉小姐吗？”我焦急地望着对面阳台，维尼熊却悠哉地翻开报纸，他觉得我的担心全是多余的——后来事实证明维尼熊判断是正确的，因为蓝莓太太进入大楼那一秒钟，杏仁先生就起身离开了可可粉小姐的阳台，接着我就听见杏仁先生和蓝莓太太说话的声音。

杏仁先生告诉蓝莓太太刚才可可粉小姐家的电灯泡坏了，他下楼帮她换了一个新的灯泡，于是可可粉小姐请他喝了一杯柚子蜜。

“我的杏仁先生真是受到了大家的欢迎！”蓝莓太太在走廊里大声地笑着，维尼熊把唱片机的声音调到了最大，他并不想听到这对男女的虚伪对话。

我以为这一天就这样相安无事地过去了，可是睡到半夜的时候，楼上又传来剧烈的争吵声，我和维尼熊用棉花堵住了耳朵依然无法入睡，最后我们不得不爬起来，一开门就看见朝楼下奔下来的蓝莓太太。

“快让我进去，贡丸小姐。”蓝莓太太朝我大吼着，隔壁的可可粉小姐也打开门，蓝莓太太朝她用力地吐了一口唾沫，可可粉小姐立刻把门关上了。

“真不知道可可粉小姐是一位这么没有教养的女孩！”蓝莓太太边骂着可可粉小姐边搂着我的枕头哭泣着，很快我的枕头就被哭湿了一大半。

“蓝莓太太，可以告诉我你们发生了什么事吗？”我假装毫不知情的模样。

“这可真是一个让人沮丧的故事。我刚才听见杏仁先生正在说梦话，似乎在叫着‘可可粉小姐’的名字，于是我摇醒他，问他刚才梦见什么了，他说梦见了和我正在吃奶油甜馅煎饼卷——天啊，我可不喜欢吃奶油甜馅煎饼卷，这一定不是和我的约会！”蓝莓太太号哭起来，我的纸巾盒很快就空掉了，“接着，我就翻开了杏仁先生白天脱下来的衬衣，衬衣袖口上真的沾满了奶油，甚至我还闻到香水味——我绝对不会使用这种肉桂味道的香水，这栋楼只有可可粉小姐才会喜欢这样古怪味道的香水。”

“可是杏仁先生下午确实帮可可粉小姐换了一个灯泡，所以他身上肯定会残留可可粉小姐的香水味。”

“难道换一个灯泡就要在衬衣领口留下一个鲜红的口红印吗？”蓝莓太太愤怒地号叫起来。

“这个，确实不需要……”我想也许我无法再帮助杏仁先生隐瞒下去了，只好沉默下来。蓝莓太太依然在痛哭，哭着哭着，她终于睡着了，维尼熊偷偷地叹了口气："也许只有真正的蓝莓先生最适合她……"

3

可怜的蓝莓先生一直弄不明白自己这几个月做过什么事情，他只记得有一天晚上大脑突然出现剧烈的疼痛，好像被人掰开了一样，紧接着有一股灼热的液体流入了他的脑袋，他痛得死去活来，最后整个人就变得迷迷糊糊起来。

上个礼拜总算清醒过来，蓝莓先生怀疑自己是不是做了两个漫长而奇怪的梦，第一个梦里他记得自己穿着一件紧身的蕾丝衬衣在煮咖啡，第二个梦里他搂着眼霜小姐在海边晒太阳——他比较喜欢第二个梦。

蓝莓太太当然不会告诉他真相，尽管蓝莓太太偶尔还会怀念那两位先生，不过也仅仅是在早晨醒来的一瞬间，很快她就进入了如同往常一样的白天，继续抱怨着蓝莓先生做事不合她心意，比如今天早上蓝莓太太就在抱怨找不到她的咖啡杯，蓝莓太太认为一定是蓝莓先生昨晚洗杯子的时候把它打碎了。

我和维尼熊以为蓝莓太太把那个咖啡杯退了回去，可是蓝莓太太却告诉我们她只是把咖啡杯放在了橱柜的最顶层——

她打算过段时间再退回给红头发太太，或许这段时间她会想到更好的丈夫人选，可是还没有等到蓝莓太太确定第三个丈夫时，咖啡杯却神秘失踪了。

核桃先生之前警告过我，红头发太太店里的咖啡杯只会认准第一个亲吻它的主人，并且一辈子只为这个主人服务。如果更换了主人，咖啡杯的性能将会发生改变，甚至还会朝预期方向的反向变化。

我们期望那只咖啡杯只是被蓝莓先生打碎了，然后偷偷扔进了垃圾桶，但是事情好像与我们预想的相反。因为阳台上的波斯菊们告诉我们，上午看见蓝莓先生鬼鬼祟祟地抱着咖啡杯朝屋外走去……还没有等我们找到蓝莓先生，我的大脑突然出现了剧烈的疼痛，紧接着，我感觉有人在往我的脑袋里灌热水，我完全无法阻止这样的行为，只能痛得在地上打滚。

醒来的时候，我居然躺在了蓝莓先生旁边。

令人惊讶的是我已经变成了蓝莓太太的模样，可是我的大脑还是我自己的，所以我无法适应蓝莓先生让我帮他挤牙膏，更加无法适应刷完牙的蓝莓先生亲吻我的脸颊！

“蓝莓先生，我不是你的太太！”我鼓着眼珠望着蓝莓先生，蓝莓先生也被我吓了一跳，甚至他还捏了一下我的脸蛋，最后确定这张脸不是假的才放下心来。

“你在瞎说什么呀？老太婆！”

“蓝莓先生，我是贡丸啊！”我再一次强调，蓝莓先生愣了一下，接着他坐在沙发上大口大口地吸着水烟——看来我无法让蓝莓先生相信我说的话，因为我现在连说话的语调都和蓝莓太太一模一样。

就在我绝望的时候，蓝莓先生突然尖叫一声："你真的不是我的太太，蓝莓太太如果看见我在沙发上吸烟，她一定会冲过来把我的水烟扔在我的脑门上！"

我舒了一口气，总算不用再呆在蓝莓先生的家里了，可是我如何变回之前的模样呢？

蓝莓先生却号哭起来，从他断断续续的表述中我大概明白他想换一个像我这样的女孩做他的太太，可是最后咖啡杯变出来的居然是长着我的脑袋、蓝莓太太身体的人，更可怕的是这个人还记得以前的事情——蓝莓先生以为我醒来之后就真的变成了他的太太。

"唉，核桃先生说过用别人的咖啡杯会造成很不好的后果。"我叹了口气，我开始同情起蓝莓先生。

"我只是希望换一个不要太挑剔的妻子而已，呜呜呜……"蓝莓先生继续号哭着，我突然发现蓝莓先生痛苦的样子和蓝莓太太很像，都喜欢抱着枕头，眼睛眯成一条细缝。

"蓝莓先生，你得帮我变回去！"

"不可能了，我刚才一不小心把杯子打碎了。"蓝莓先生继续痛哭着，听到这话我万分惊恐起来，天哪，我可不想每天见到镜子里这一身赘肉，还有这一头卷毛狗般的头发——

我立刻冲下楼，我要赶去红头发太太杂货铺，她一定有能力把我变回来。

我踩上单车往黑森林方向驶去，此时明明是晴朗的上午，可是天空突然被一大片乌云遮住，接着一大团雾气把我包围起来，我很快就看不见前方的道路，只好停下来，推着车往前走。

走着走着，雾气突然散去了，可是我却走到了核桃先生家里，核桃先生正坐在窗边看书，他惊讶地望着我。

“亲爱的贡丸，你怎么了？”

“咦，你怎么知道我不是蓝莓太太？”我好奇极了，我以为没有谁会发现我本来的面目。

“我当然可以认出你，因为我看见了你的心，你的容颜和外表对我来说一点儿都不重要。”核桃先生站起来，和蔼地抚摸着我一头卷发。通过窗户玻璃反射，我看见了核桃先生正在轻吻着蓝莓太太的额头，这样的情景让我浑身起鸡皮疙瘩。

“可是我会在乎我的外表，我不喜欢这头永远梳不直的头发，还有这张一醒来就有口臭的嘴巴……核桃先生，你能带我去红头发太太杂货铺吗？我想变回原来的模样。”我恳求着核桃先生，大颗大颗的眼泪立刻掉了下来。

“我试试吧，不过从现在开始你要乖乖地闭上眼睛，先好好睡上一觉吧。”核桃先生把我抱了起来——蓝莓太太实在太重了，核桃先生十分吃力地把我抱进了卧室，放在了一张柔软的大床上。

我听见核桃先生走出了房间，他应该是去了书房，接着我听见他在走廊上和一个人说话，于是我忍不住爬了起来。透过门缝我看见核桃先生正在和一只长耳朵的兔子说话！兔子搓着手不停地点着头，最后兔子跑了出去。

我赶紧趴在窗户上，我看见兔子跑出了大门，朝我住的那栋楼跑去。一会儿，这只兔子居然用胳膊夹着蓝莓先生回来了——蓝莓先生变成了一张纸片人！

兔子把蓝莓先生放在了门外，又跑进屋子里拿出来另外一张纸片人——这是蓝莓太太，她也变成了一张纸片人。

此时兔子上方出现了一个黑洞，维尼熊从里面探出了脑袋。

我听见维尼熊大叫了一声："垃圾桶要打开了啊！"

蓝莓先生和蓝莓太太迅速被黑洞吸了上去，维尼熊和黑洞也跟着消失了，还没有等我反应过来，那只兔子突然发现了我，他惊恐地用手指着我。

"贡丸，你怎么醒来了？"核桃先生出现在我身后，朝我微微笑着，我刚想对我的行为做一番解释，突然就觉得头晕目眩起来，最后不得不重新躺在床上。

醒来的时候，我已经躺回自己的床上，维尼熊正在床头看报纸。

"兔子！长耳朵兔子！"我捂着脸尖叫着。

“楼上刚搬来的炼奶先生确实长得很像一只兔子。”维尼熊给我倒来一杯热水，看着我喝了下去。

“楼上不是住着蓝莓太太吗？”我依然追问着。

“她昨晚搬走了。”维尼熊坐回床头继续翻看着今日新闻，好像什么事情也没有发生过。

十、被遗忘的麦圈先生

最近小镇的灯塔又出问题了，一到晚上十二点钟灯塔就会朝小镇方向发出一闪一闪的亮光，弄得所有的居民都没法安心睡觉。大家不得不把所有的被子都挂在窗户上，否则整间屋子里都会充满了亮光。

“咳咳，麦圈先生又开始想起伤心往事了……”一到春天，炼奶先生就会咳嗽，“医生说我这是肺热，必须在夜晚排毒时间睡觉，咳咳。”

这些天晚上炼奶先生都在失眠，因为他的卧室正对着灯塔的方向，即使用棉被把窗户盖上，依然会有亮光从棉被的空隙里钻进来，恶作剧般落在他的脸上。炼奶先生不得不躺在客厅的沙发上睡觉，这让他很不习惯，整晚整晚地失眠。

“炼奶先生，你又开始编故事了，灯塔明明就是坏了，需要人去修理。”我也没有睡好，只好不停地喝冰咖啡提神。

“咳咳，谁敢进去灯塔修理？麦圈先生啊？他就是一个让人讨厌的鬼魂！”炼奶先生越咳越厉害，他不得不喝了一大杯薄荷柠檬水，总算可以缓过一口气。

“噢，我亲爱的炼奶先生，到此为止吧。”我朝天花板翻了几下白眼，也许炼奶先生真的老了，总是说有一个鬼魂住在灯塔里面，还说一到春天鬼魂就开始疯狂思念他的情人。

炼奶先生已经没有力气和我说话了，他把脑袋缩进衣服里，沉默了一会儿，便打起了呼噜，很快，他就进入了梦乡。

1

维尼熊很不喜欢炼奶先生，他总觉得炼奶先生身上有一股怪味，像是沼泽地里死去的植物发出的味道，除此之外，他还喜欢絮絮叨叨，身边任何一样事物发生改变都会让他产生极大的恐惧，比如今天早上他家门口的水仙花突然开花了，这打破了炼奶先生的生活规律，因为他每天早上在窗户上看见的都是没有开花的水仙花，现在它居然开出了三朵洁白的花朵！

“太可怕了，太可怕了！”炼奶先生站在窗户前，双手托住自己的下巴，不停地发抖，仿佛这三朵水仙花随时会伸出利爪要了他的性命。我不得不花一上午时间安抚他，但是炼奶先生依旧无法平静，他像疯子一般在小镇里不停地奔跑。

“真希望这个疯子可以摔进一个水沟里！”维尼熊趴在阳台上诅咒着刚刚从楼底下经过的炼奶先生，因为炼奶先生吵醒了正在午休的维尼熊，这让维尼熊很不开心，他愤怒地从床上爬起来，朝阳台底下扔了一搓泥土。这搓泥土不偏不倚掉在了炼奶先生的头顶上，发狂的炼奶先生终于停止奔跑，纳闷地望着楼上，最后他发现只是一只毛绒熊与他对望时，他再一次爆发出更加强烈的尖叫声。

我不得不为维尼熊的行为登门向炼奶先生道歉，虽然炼奶先生完全听不见我说的话，他只是像一个会发抖的木偶一样站在床头，用手指着灯塔的方向，嘴里发出“呜嗷，呜嗷”的怪音。

“炼奶先生，你能从床上下来吗？我这样和你说话实在太辛苦了。”我仰着头望着炼奶先生，事实上我这样的姿势已经持续一个小时了，我决定如果再过十分钟炼奶先生的状况还没有任何改变，我就直接回家了。

门铃却在这个时候响了，我犹豫了很久要不要去开门，门却从外面被打开了，进屋的是炼奶先生的邻居樱桃太太，她手里拿着一把钥匙，显然，她刚才是用这把钥匙把门打开的。

“贡丸小姐，你也在这儿！”樱桃太太惊讶地望着我，让我不知所措起来，我不得不为我待在炼奶先生的房间里找一个借口，不过樱桃太太对于我的借口似乎并不感兴趣，她的脸上全是对炼奶先生的担心。

“天啊，他这样的状态持续了多久？”

“一两个小时吧，我进来的时候他就站在床上了。”

“哦……看来这一次炼奶先生病得很严重。”

“我们需要找一个医生吗？”

“不不不！千万不要找医生……哎呀，我的意思是医生是不需要的，不不不，我不是这个意思，我是说炼奶先生需要休息，对，他需要休息，休息一会儿就好了。”樱桃太太从冰箱里取出一包冰袋，用力敷在炼奶先生的额头上，炼奶先生立刻如触电般清醒过来，茫然地望着我和樱桃太太。

“好了，这里就交给我吧，贡丸小姐你可以回去了，对了，我刚才在十字路口看见他在买花，也许是准备待会送给你的！”

“真的吗？核桃先生准备送花给我！”我立刻喜出望外，核桃先生从来没有给我送过花，难道这一次他准备给我一个惊喜吗？

“那你还不回去梳洗打扮一下，你瞧你这张小花脸。”樱桃太太伸出手指捏了一把我的脸蛋，我朝她兴奋地点点头，立刻朝家的方向跑回去。

快到楼下时，我突然想起他核桃先生前天告诉我要出一趟远门，后天才能回来。我正准备猜想这应该是核桃先生精心策划的一场惊喜，不过很快我就意识到核桃先生真的出远门了，因为维尼熊告诉我十字路口根本没有花店。

樱桃太太无非是想我早点离开而已。

2

“这一定是一场阴谋！”维尼熊愤怒地把拳头砸在餐桌上，以至于餐桌上的面包屑全部震落在地上。闻到香味的蚂蚁们立刻爬了出来，三个一群、五个一伙，把面包屑扛回洞里。

“也许樱桃太太把别人误当成核桃先生了。”

“核桃先生每天都会去樱桃太太家买果汁，她怎么可能看错！”维尼熊看出了我的疑虑，他开始寻找一些我可以接受的词语，以便组成一句让我信服的话，“我觉得，炼奶先生一定是樱桃太太的情人，但是这段感情又不能被樱桃先生知道，所以炼奶先生才会假装成一个名副其实的疯子，并以此来掩盖他和樱桃太太之间这段不能见人的恋情！”

“如果是那样的话，实在是太糟糕了，樱桃先生可是一个很可爱的人。”我不由得难过起来，我想起在小镇音乐节遇见樱桃先生时，他还和樱桃太太手牵着手，甚至他还在音乐节闭幕式上为樱桃太太献唱了一首情歌。

那首歌好像是这样唱的：

我吃樱桃时会掐掉樱桃梗

我有一个坏习惯
不，我有三个坏习惯
我不喜欢睡觉时开着手机
我不喜欢半夜接你的电话
可是你强迫我开着手机睡觉
所以我做不到半夜接你的电话
于是你打了一通电话，两通电话，
三通四通电话，
或许五通电话，或许或许六通电话，
我不会让你再打第七通电话
我不是你的深夜电台
如果你真的需要我
请在23点59分给我打电话
顺便告诉你
我第三个坏习惯是
我吃樱桃时会掐掉樱桃梗
……

"求你别唱了，这是我听过最伤感的情歌了……"维尼熊伤感地捂住耳朵，“也许我们该隐瞒樱桃先生这件事。”

我点点头，今天的天气干燥极了，我想我该为阳台上的花儿们买一个新的洒水壶，之前的洒水壶已经完全破损了，我不得不用喝水的杯子给花儿们浇水，这让花儿们很不开心，她们抱怨了好几天。

好在杂货店还没有关门，我在最后一层货架上终于找到一个洒水壶，刚要去给钱的时候，却遇见了炼奶先生，他戴着一顶灰色的小毡帽，看起来气色好了很多。

“炼奶先生，你身体好点了吗？”

“好一些了，我的身体总是时好时坏……你能帮我找一把小口琴吗？”

“当然可以，你打算自己玩吗？”

“我打算给麦圈先生送过去，灯塔里面太寂寞了……”炼奶先生呆滞地望着灯塔的方向，仿佛里面真的住着一位麦圈先生。

“噢，炼奶先生，你能带我去见见麦圈先生吗？”我想我一定要跟着炼奶先生去灯塔里面，我必须证明给炼奶先生看，这世界上没有鬼魂，一切都是他的幻想。

“麦圈先生不喜欢陌生人——找到口琴了吗？”炼奶先生转过身，幽幽地望着我，我不得不假装很认真地寻找一把口琴，突然我发现它正躺在一堆丝带里面！

“谢谢你，你可以去干别的事情了，不用跟着我了。”炼奶先生拿着口琴朝灯塔方向走去。我本来打算跟着他，但是他似乎很不喜欢我在他身边，于是我决定抄小路向灯塔跑去，顺便路过家楼下，把这个消息告诉八卦的波斯菊们。

夜晚的灯塔又开始发出巨大的亮光，人的眼睛都无法直视灯塔，只能低着头，顺着亮光的方向走去。

炼奶先生走得很慢,我很担心走到他前面去。快到灯塔时，炼奶先生突然仰起头，朝着灯塔顶端高呼着“麦圈先生”四个字。

灯塔的亮光突然熄灭了，入口的小门自动打开。

“麦圈先生你先别关门，我还有位朋友也打算过来看你，不过她可能会晚点到。”

听到炼奶先生这番话，我大吃一惊，莫非他发现我在跟踪他了？我正准备起身向炼奶先生道歉时，炼奶先生却快步走进灯塔里。我跑过去拎了一下大门，门居然没有被锁上！太好了，我立刻猫着腰走了进去。

灯塔的入口昏暗极了，只有一盏小煤油灯发出微弱的亮光，我不得不摸着墙壁往上挪步，我很担心下一步我就会从台阶上滑下去，因为地面实在太潮湿了，还布满了青苔。

我花了很长时间才走到一个平台，炼奶先生正坐在一张桌子旁边，桌上摆着一壶咖啡和两个咖啡杯。

炼奶先生似乎在和一个人说话，但是我只能听见他一个人的声音。

“最近的天气一直不错呀，不过我知道麦圈先生你一直喜欢雨天，我就不一样了，我还是很喜欢晴朗的日子，就像今天的白天，阳光照着我眼睛都快睁不开了。”麦圈先生喝了一口茶，双眼呆滞地盯着墙上一幅油画——这是一位少女的背影，海风把她的长发微微吹起，画的左下角有一个签名，字迹非常潦草，我眯着眼睛才辨认出一个“车”字。

“我给你带来一把口琴，如果你闷的话可以吹一吹，小镇上人们最近都在谈论灯塔的事情，我想如果你继续这样胡闹下去，大家很快就会知道你的存在了……”

炼奶先生对面的椅子突然剧烈晃动起来，桌子上的咖啡杯“嗖”一下升到半空中，接着又“砰”的一声砸在地上，咖啡汁全部洒了出来。

“天啊，这是最后一个咖啡杯了，我可不想再去红头发太太的杂货铺了。”麦圈先生生气了，麦圈先生生气的时候和他发呆的时候是同一副表情，如果不是因为我一直在偷听他们的对话，我一定无法辨别。

麦圈先生对面的椅子终于安静下来，碎成两半的咖啡杯又升到半空中，隔壁的木头柜子里突然飞出来一根铁丝，铁丝自动的缠绕在两片咖啡杯上，虽然有一条裂缝，但是又可以重新使用了。

“好了，我该回去了，估计那个人今晚不会来了。”麦圈先生站起来，慢慢地朝楼梯走去，我赶紧往下跑，一不小心我踩着一只老鼠，老鼠发出“吱吱”的声音，麦圈先生立刻发出巨大的呵斥声，接着我又听见椅子移动的声音，我猜想应该是麦圈先生要追下来，于是我像兔子般逃了出去。

刚出门就听见炼奶先生在大声叫唤着：“麦圈先生，不要出去！”

3

维尼熊对于我讲的故事半信半疑，他可以相信这个世界存在能说话的波斯菊，但是绝对不可能存在会吹口琴的鬼魂。

“阴谋，这一定又是炼奶先生的阴谋！”

“可是我真的见到了悬空的咖啡杯，还有会飞的杯垫！”

“红头发太太杂货铺里每一只咖啡杯都有特异功能，这并不奇怪，不过……”维尼熊用熊掌托住下巴，陷入沉思中，“炼奶先生说的那个‘晚到’的人如果不是你，那究竟是谁呢？我猜想是樱桃太太，但是昨天晚上她和樱桃先生在看话剧，看完话剧他们很早就睡了——这是波斯菊告诉我的。”维尼熊瞟了一眼阳台上的波斯菊们，波斯菊们以为维尼熊在表扬自己，高傲地扬起脸盘，谁知道维尼熊从鼻子里发出一声“哼”，可怜的波斯菊们不得不假装在欣赏远处的风景。

“我相信樱桃太太还是很爱樱桃先生，否则她不会亲自帮樱桃先生准备生日宴会邀请函。”我拿起餐桌上一张漂亮的邀请函，封面还被细心地喷上玫瑰味道的香水。

“我讨厌玫瑰味道的香水，它让我想起沐浴露的味道，哦，我讨厌洗澡。”维尼熊懒洋洋地侧躺在沙发上，我知道他讨厌明天晚上樱桃先生的生日聚会，因为我不能带他一起去，因为我要和核桃先生一起参加。

“维尼熊，别这样……”我不知道怎么安慰他，只好也跟着叹息。

其实我的内心很期待明晚的晚宴，因为我太想念核桃先生了。

维尼熊看出了我的心思，翻过身，把熊屁股对着我。

不过这并不影响我的心情，第二天一醒来，我就兴奋地在镜子前试着衣服，我想我需要为我的灯笼袖绿色花苞裙找一双尖头高跟鞋，可惜我翻遍了整个鞋柜都没有一双合适的鞋，我不得不搭配一双平底圆头鞋。

“像一棵可以走来走去的松树！”维尼熊白了我一眼，我懒得搭理他，我需要去楼下理发店做一个发型，我最近喜欢上蓬松的卷发，这样的发型会让人看起来美艳极了。

核桃先生在楼下唤我的名字的时候已经是晚上七点了，我们俩不得不加快步伐朝樱桃先生家走去。客人差不多到齐了，客厅开始播放音乐，正中间的长形桌子上摆满了朋友送来的礼物。

我在角落里发现了炼奶先生，他又把脑袋缩进衣服里睡着了，淘气的小孩正在给他的脸蛋抹上奶油，甚至还把他的左右鞋的鞋带系在一起，我不得不把那一群小孩赶跑，用力地摇晃着炼奶先生的胳膊。

“天亮了吗？”炼奶先生睁开眼睛，周围都是欢笑的人们，炼奶先生失望极了，他的眼皮又开始粘合起来，我只好继续摇晃着他。

“贡丸小姐，请你不要再摇晃我的胳膊了，我觉得它都快掉下来了……天啊，我忘记把礼物给樱桃太太了。”炼奶先生突然想起他还带了礼物过来，立刻站了起来，朝客厅中心走过去。

“樱桃太太，我差点儿忘记把礼物给你了。”炼奶先生拿起一份礼物递给樱桃太太，接着他又从背包里掏出另外一份礼物，小声地告诉樱桃太太，“这是麦圈先生给你的礼物，他祝你生日快乐。”

“谢谢你，炼奶先生，可是今天是樱桃先生过生日，并不是我的生日……”樱桃太太接过礼物，她极力地掩饰内心的惊喜，不过还是迫不及待地把麦圈先生的礼物拆开一个小口，露出一个褐色的相框。

我想这一定是一张有趣的照片，可是还没有等我把相片的内容想完整，那群讨厌的小孩又来捉弄炼奶先生，他们居然把一只蟑螂扔进了炼奶先生的靴子里，炼奶先生被吓得跳了起来，慌乱中撞倒了旁边的椅子，拉扯着樱桃太太一起摔在地上，麦圈先生的礼物从樱桃太太的手里飞了出来，不偏不倚落在樱桃先生的脚下。

“亲爱的，你没什么事吧！”樱桃先生赶紧扶起樱桃太太，“咦，这是什么东西？”

“天啊，这是……”樱桃太太惊愕地瞪大双眼，双手用力的捂住嘴巴——这是一幅油画，画面上是一位长发少女的背影，正是我那晚在灯塔看见的那副油画。

樱桃先生惊讶地捡起油画，突然樱桃先生的脸上露出了喜悦的笑容，他温柔的搂住樱桃太太的腰：“亲爱的，这是你准备送给我的礼物吗？天啊，实在是太珍贵了，上面还签着你未出嫁时的名字。”

油画的下角签着“车厘子小姐”一行字，樱桃太太尴尬极了，她不得不假装很开心地接受樱桃先生的拥抱，同时在客厅里寻找炼奶先生的身影。

可怜的炼奶先生终于找出了那一只蟑螂，等他重新把鞋穿好时，人们已经开始切蛋糕庆祝樱桃先生的生日了。

我从人群里朝炼奶先生挤了过去，他沮丧地望着我说：“这是麦圈先生花了一个月才画完的油画啊……”

“天啊，为什么油画下角会签着‘车厘子小姐’的名字？”

“樱桃太太未出嫁之前叫车厘子小姐，不过这是很多年以前的事了，那个时候她还是一头长发，就像油画上那位姑娘一样……”炼奶先生呆呆地望着人群里的樱桃太太，仿佛身边所有的人都消失了。

幸福的樱桃先生走到了钢琴旁边，为大家弹奏一段肖邦的《升F大调小夜曲》，樱桃太太温柔地趴在钢琴旁边，这样的画面看起来完美极了。

“他弹错了一个音！”炼奶先生悄悄地走到我身边。

“哦，我没有听出来。”我心不在焉地回答着。

“你的心不在这里呀，樱桃太太的心也不在这里，还有一些人，他们的心也不在这里。”炼奶先生转过身望着我，我突然发现他的眼睛里突然出现了一个熟悉的身影，那模样好像是维尼熊。

我讨厌不请自来的家伙。

4

樱桃先生自杀了！

清晨，太阳还没有完全醒来的时候，樱桃先生家里突然发出了一阵撕心裂肺地号哭声。等到人们冲进樱桃先生的家里时，发现苍白的樱桃先生躺在充满血腥味的浴缸里，穿着睡衣的樱桃太太晕倒在浴缸旁边。

没有人能够解释这样的场景，昨天夜晚大家还和这对夫妇开心地告别，喝高了的樱桃先生搂着樱桃太太向人们不停地飞吻，可是今天早上却看见他赤裸地出现在大家面前，旁边是他写好的遗书：

亲爱的车厘子太太：

我觉得我要出一趟远门，或许就不会回来了，如果你再也见不着我，请不要太难过，我还是一如既往地爱着你，哪怕你的肚子上堆积了这么多的赘肉。

爱你的樱桃先生

“太感人了，我都要窒息了……”眼霜小姐抽泣着，她是最先进入屋子的人，昨晚她把手套放在了樱桃先生家的沙发上，直到睡觉前眼霜小姐才想起她忘记带走她的手套，于是天一亮她就赶紧朝樱桃先生家走了过来。

不过，见到这样场景的眼霜小姐又把手套掉进了浴缸里了，我想她再也不会戴这双白色蕾丝手套了。

警察很快就赶了过来，法医经过现场鉴定，确认樱桃先生确实是自杀，接着，樱桃先生被抬上一张白色担架，盖上一层白布，樱桃太太也被人送往了医院，不过就在樱桃先生出门的那一刻，樱桃太太突然醒来了。

“是他，一定是他干的！”樱桃太太捂着脸尖叫着。

医生说樱桃太太可能受到严重惊吓，脑袋里的神经出现一点儿错乱，所以暂时将樱桃太太隔离起来进行治疗；但是樱桃太太一直强调她的丈夫不是自杀，是被一个叫麦圈的男人杀害的。

我背包里的维尼熊叹了一口气，全镇的人都知道麦圈先生早在十年前就去世了。

“为什么没有人愿意相信她。”我焦急地望着救护车里抓狂的樱桃太太，我打算把她救下来，但是太多警察堵在我前面，我无能为力。

“为什么有人会相信鬼魂杀人的故事，这是樱桃太太的妄想。”维尼熊继续叹着气，直到炼奶先生走了过来，维尼熊才安静下来。

“这个混蛋，他答应我不会伤害任何人，他根本就是在撒谎，他一定是在报复樱桃太太那晚上的缺席！”炼奶先生气愤地望着被带走的樱桃太太。

“炼奶先生，你说的混蛋是灯塔里那位隐身的先生吗？”我窃窃地问着，炼奶先生却更加气愤起来。

“我要把这个混蛋拖到阳光下烧死！”

“可是你没有证据确定是麦圈先生干的呀。”其实我更加想知道麦圈先生与樱桃太太究竟是什么关系，可是炼奶先生好像越来越气愤，根本没有办法组织语言回答我这个问题，最后炼奶先生拉着我朝灯塔狂奔过去。

“麦圈先生，我知道你在家？”炼奶先生对着黑暗的大厅号叫着，接着半空中出现一个花瓶，正对着我们直飞过来，我们俩慌忙躲闪，花瓶撞上了墙壁，摔得粉碎。

“你这个混蛋！我不会再相信你的话了，你应该永远关在这个灯塔里。”炼奶先生继续号叫着。

大厅里突然出现了一个咖啡壶和三个咖啡杯，咖啡壶自动给咖啡杯里加满咖啡，炼奶先生拿起悬在半空中咖啡杯喝了一口，我也跟着喝了一口——神奇的事情发生了，我的眼前居然坐着一位陌生的先生。

“贡丸小姐你好，我叫麦圈。”这位陌生的先生朝我微微一笑，我却打了一个寒战，后来我知道我是用了让鬼魂现身的咖啡杯，所以才能看见麦圈先生——这准是在红头发太太杂货铺买到的。

“麦圈先生，你答应过我只会远远地爱着樱桃太太，可是为什么你要夺走樱桃太太的幸福！”炼奶先生愤怒地把咖啡杯扔在桌子上面，麦圈先生却无动于衷，甚至他还不紧不慢地往自己的咖啡杯里加了一勺牛奶。

“你怎么会觉得是我杀的樱桃先生。”麦圈先生漫不经心地喝了一口咖啡。

“车厘子小姐结婚之后改名叫樱桃太太了，现在只有你才会称呼她‘车厘子’太太！所以樱桃先生的遗言一定是你伪造的！”

“噢，我居然把这个细节都忘记了，不过既然都被炼奶先生你发现了这个事情……”麦圈先生斜着嘴笑着，笑得我毛骨悚然，突然我背包里的维尼熊大叫一声：“快跑！”

已经来不及了，麦圈先生把炼奶先生推到窗户边用力扔了下去，窗外的阳光射在麦圈先生的手臂上，麦圈先生的手臂立刻出现了几处烧焦的斑点。

“麦圈先生你为什么要把你最好的朋友扔下楼，他还专门为你挑了一把口琴！”我质问着麦圈先生，他朝我微微一笑，突然我的双手被捆绑起来，接着我的双脚也被捆绑起来。

“对不起，贡丸小姐，我需要给你讲一个故事，但是我担心讲完这个故事你就会跑掉，所以只能把你先捆绑起来。”麦圈先生摸了一下我的脑袋，开始讲一个漫长的故事：

在樱桃太太还叫车厘子小姐时，麦圈先生是她的男朋友，他们俩在一起最喜欢做的事情就是画画，车厘子小姐做模特，麦圈先生帮她画画，日子过得美好极了。

可是就在他们准备结婚时，镇上突然来了一位樱桃先生。他的出现让麦圈先生觉得很不自在，因为樱桃先生说自己是车厘子小姐的未婚夫，并且说这是核桃先生告诉他的。

麦圈先生去找核桃先生理论，核桃先生却说樱桃先生确实是车厘子小姐的未婚夫，而麦圈先生之前之所以和车厘子小姐相爱，完全是因为核桃先生之前把麦圈先生和樱桃先生两个人搞混了，现在核桃先生发现了这个错误，所以要马上更改过来。

可是就在核桃先生准备把麦圈先生从垃圾桶通道扔出这个小镇时，通道出了一点问题，麦圈先生没有被传送回现实世界，而且又回到了小镇上；但是核桃先生已经删除了麦圈先生这个角色，所以麦圈先生只能作为一个鬼魂存在，终日生活在黑暗里。

核桃先生本来派炼奶先生看守麦圈先生，他打算等垃圾桶隧道修好就把麦圈先生送回去，可是令人烦闷的是垃圾桶隧道似乎出了很大的故障，核桃先生也无能为力——不过就在上个礼拜，垃圾桶隧道神奇地修复了，麦圈先生知道自己再也见不到樱桃太太，所以他决定要站出来反抗核桃先生。

“所以，麦圈先生你就把樱桃先生杀害了，你以为这样就可以重新和车厘子小姐走到一起，不过我觉得核桃先生应该会惩罚你的。”我没有被这个故事打动，相反我一点都不喜欢这个故事的结尾。

“贡丸小姐你真是一个聪明的女孩，可惜你永远都无法了解真相。”麦圈先生继续抚摸着我的脑袋。

“我听完你的故事了，请把我放开。”我的手脚被绳子勒出了几道血痕，我气呼呼地盯着麦圈先生。

“你知道核桃先生有一本神奇的日记本对吧，我希望你可以偷偷把麦圈先生写进小镇名单里就可以了。”麦圈先生弯下腰用食指和拇指夹起我的下巴，我却沮丧地摇摇头，事实上自从上次核桃先生发现我偷看他日记本之后，我再也找不到那本神奇的日记本。

“或者我可以拿贡丸小姐威胁核桃先生，如果不交出那本日记本，就让贡丸小姐和炼奶先生一样，从窗户上自由地，轻飘飘地，落下去。”麦圈先生望着窗外朝我眨巴着眼睛，接着把我背包里的维尼熊和一封信一起塞进了一个巨大的信封里。

很快就有一封匿名信飞往核桃先生的房子。

5

可怜的樱桃太太至今还在病床上胡言乱语。

她告诉经过她身边的每一个人，樱桃先生是被一个叫麦圈的男人杀害的，这个叫麦圈的男人是她的前男友……所有人见到樱桃太太都会发出一声叹息，大家都在可怜这个失去丈夫的女人，可是大家又能为她做点什么呢？她连镇定剂都不肯服用，每天精力旺盛地讲述着她和麦圈先生的故事。

这一切都是灯塔窗台上的波斯菊们告诉我的，她们还告诉我维尼熊让我别害怕，核桃先生很快就会过来救我。

我当然不害怕，因为很早之前我就知道这个小镇里谁都不会死亡，真正控制生死的只有我亲爱的核桃先生，所以被杀害的樱桃先生一定会复活，被摔下去的炼奶先生也不会消失，即使核桃先生不来救我，我也不会死掉。

可是麦圈先生并不知道这一点，他只知道他不在小镇名单上，所以核桃先生根本无法伤害他，但是核桃先生很快就发现了麦圈先生的一个秘密——麦圈先生无法踏出灯塔，因为他不属于这个小镇，所以他不能被阳光直射。

核桃先生决定欺骗麦圈先生，他可以恢复麦圈先生在小镇的身份，但是如果麦圈先生一直呆在灯塔里，他是没有任何办法的。

被爱情冲昏头脑的麦圈先生决定从灯塔里走出去——我想如果麦圈先生的好朋友炼奶先生还在他身边的话，一定会阻止麦圈先生这个愚蠢的行为，但是麦圈先生显然过于轻信核桃先生，当第一束阳光射在麦圈先生身上时，麦圈先生发出一声巨大的惨叫，接着就消失得无影无踪了。

周围的人根本就不知道发生了什么事，因为大家都看不见麦圈先生，只听见一个古怪的叫声。

在麦圈先生死之前，我问了他一个问题。

“难道我们这些人都是从垃圾桶通道里掉下来的？”

麦圈先生点点头，接着他告诉我在我们头顶上还有一个世界，这是一个真实的世界，大家都尔虞我诈地活着，追逐着金钱，贩卖着爱情。在那个世界里他是一个货车司机，和前妻办理完离婚手续之后，他去了一个咖啡馆里喝咖啡，可是咖啡还没有喝完就被扔进了一个垃圾桶，于是就到了这个小镇。

我若有所思地点点头，我还打算继续问一些问题时，麦圈先生已经消失在空气中了。

他去哪里了呢？我十分好奇这个问题，但是核桃先生却不肯回答我这个问题，他告诉我长耳朵兔子和垃圾桶隧道都是大家杜撰出来的美好童话。

我们幻想着在我们的世界之外还有另一个世界，在那个世界里我们一定过着自己喜爱的生活——这是每个人的愿望，但是仅仅是一个美好的愿望。

十一、核桃先生的咖啡馆

新搬来的荷兰豆小姐热情极了，我家餐桌上堆满了她送来的礼物，甚至还包括一双粉绿色的丝袜，这是一种最让人爱不释手的颜色，我迫不及待地穿上丝袜给维尼熊展示。

维尼熊斜着眼睛瞟了我一眼，慢慢地吐出几个字："两根萝卜只能在碟子里作为摆设。"

"喂，你居然说我的腿是萝卜。"

"噢，你真是一个没有幽默感的姑娘，没有幽默感的姑娘脸上容易冒痘，比如我们新搬来的荷兰豆小姐，她总是很害怕别人说她的胸像平底锅，于是每天都在胸上抹蜂蜜，以为这样会让她的胸看起来更大，实际上这只是一种心理安慰。"

"维尼熊，你不应该背后说一位小姐的坏话，荷兰豆小姐可是邀请我晚上去她家吃烤羊排，如果你继续这样碎碎念，我就不带你去她家做客了。”

维尼熊立刻闭上嘴巴，认真地帮我包装起带给荷兰豆小姐的礼物。

荷兰豆小姐家已经开始飘出羊排的香味了。

“荷兰豆小姐，我是贡丸小姐，麻烦开一下门。”

屋内没有任何声音，我不得不用力敲打大门，可是荷兰豆小姐好像聋了一样，就是不肯开门，而且羊排香味渐渐变成一股焦糊味。

“我们是不是得破门进去，我觉得荷兰豆小姐一定是晕倒在厨房了。”维尼熊皱起眉头，他开始紧张他的烤羊排了。

可是我该如何撞破这扇门呢？我突然想起煤灰先生应该有这栋楼所有居民家的钥匙，于是我让维尼熊留在门口等我，我去取钥匙。

可是等我再返回时，维尼熊居然不见了，荷兰豆小姐家的大门敞开着。

“荷兰豆小姐，你在吗？”我小心翼翼地走进去。房子里空无一人，只有炉子上的火发出“兹兹”的声音。

突然，我在餐厅里看见一个穿着斗篷的人，他整个人都被斗篷罩住，只露出一双纤细的手。可是为什么我会对那双手如此熟悉，我记得左手的无名指上应该还有一个戒指的痕迹……果然，我看见了那个痕迹。

“核桃先生……”我脱口而出，斗篷人一惊，抬起头望着我——真的是核桃先生，我喜出望外。

“核桃先生，你有看见维尼熊吗？”

核桃先生没有回答我，他迅速穿过餐厅，从阳台上跳了下去，又爬上小桥，穿过十字路口，绕过街心花园，朝着他家的方向跑去。

我紧紧追着核桃先生，核桃先生像施了魔法一样在路面上飞奔，我以为他会在家门口停留，可是他却绕到他家后院，最后消失在后院的灌木丛里。

我在灌木丛里找寻了半天，都没有看见核桃先生，却看见一只打着领结且自言自语的兔子。

“天啊，那些该死的纸片人又在偷懒，迟早有一天我会放把火烧了你们！”

“兔子先生，你有看到核桃先生吗？”

兔子愣在原地，一动也不动地望着我，我以为他没听懂我的话，又重复了一遍，谁知他竟然被我吓到拔腿就跑。

我又跟在兔子身后绕着核桃先生的房子跑了起来，跑到第七圈时，我前方出现了一群纸片人，他们拿着铁锹不停地往天空方向挖掘，可是他们上空只有空气，他们在挖什么呢？

“纸片人你们好，请问你们有看见一只打着领结的兔子吗？或者你们有看见穿着斗篷的核桃先生吗？”

纸片人和刚才的兔子一样，惊讶地望着我，接着也和兔子一样拔腿就跑——为什么今天大家都要躲着我，我实在厌烦追着人跑。

跑在最后的一个纸片人被我抓住了，我威胁他“如果不告诉我为什么要躲着我”我就把他撕成碎片。

纸片人不敢说话，用铁锹指了指我上方，我顺着铁锹方向往上看——什么都没有，纸片人骗我。

可是五秒钟之后，我居然看见一个风口，我似乎看见维尼熊在风口的那边向我挥手，于是我踮起脚尖想看得更仔细，可是这一踮脚，我就被吸了进去。

1

我睁开眼睛的时候居然是坐在一个垃圾桶上面，身上全是香蕉皮和一些咖啡渍，我不得不脱掉身上的外套。

这像是一间垃圾房，可是这会是谁家的垃圾房呢？我推开门走出去，门外还是一间房间，像是一间咖啡馆，只不过咖啡馆里的客人们都长着一张陌生的面孔，我连一个熟人都找不到。角落里坐着一位正在高谈阔论的卷发女士，她本来正在和对面的女士手舞足蹈地聊天，突然她发现了我，渐渐的，她的眼睛越来越大，最后她居然大声地尖叫起来：

“王子昕！”

她是在叫我吗？我茫然地望着她，接着整间咖啡店的人们都盯着我看，仿佛我不应该出现在这里。

“你真的是王子昕吗？我是楚小姐。”那位卷发女士激动地跑了过来，用力地掐了一下我的胳膊。

“啊！这位女士，你弄疼我了。”我痛得呲牙咧嘴，这位女士实在太没礼貌了。

“你真的是王子昕！”听到我发出声音之后，卷发女士兴奋极了，她开始拼命地摇晃着我的胳膊，“我还以为你死了，大家都以为你死了啊！”

我完全不知道她在说什么，我只想知道维尼熊在哪里？核桃先生在哪里？打领结的兔子在哪里？还有那群古怪的纸片人究竟在做什么？

我身边的人越来越多，大家都在叽叽喳喳地议论我和我身上这套奇怪的淑女裙，楚小姐一直在激动地尖叫，我不得不捂住耳朵才能让我感到舒服。

“王子昕，洛先生和你在一块儿吗？报纸上说他遭遇了车祸，可是现场并没有发现他的尸体，连他的车都没有找到。”另一位男士也挤了过来，抓着我的手臂，好像担心我随时会消失一样。

我看见瓦卡正在吧台制作咖啡，可是为什么瓦卡会出现在这里，还穿着一件服务生的衣服。我踮起脚尖朝他拼命招手，过了好一会儿瓦卡才看见我，他惊讶极了。

“瓦卡，救我！”

瓦卡却没有回应我，而是慌忙地跑进厨房，我正在郁闷他会不会也要躲着我时，突然我看见了核桃先生！没错，真的是核桃先生，他正努力地拨开人群挤进来。

“核桃先生，我不想呆在这里。”我都要哭了，核桃先生却紧紧地捂住我的嘴，抱住我从人群里挤了出去。

“核桃先生我们要去哪里？”我用力掰开核桃先生的手掌。

“嘘！”核桃先生低头望了我一眼，突然他亲了一下我的嘴唇，我感觉眼前一黑，天旋地转，我再一次晕了过去。

醒来，居然在核桃先生的床上，打领结的兔子正在烧水。

“我要趁她醒来之前把这杯咖啡煮好，否则红头发太太又会骂我了，该死的纸片人，我一定要烧死你们……噢！我忘记是左边的咖啡杯带有失忆功能，还是右边的咖啡杯呢？”

兔子开始思维混乱，他叹了口气：“一定是我最近睡眠质量不好，否则我一定可以记住哪个杯子可以让人失去记忆，都怪那该死的隧道，它究竟是哪个地方堵住了，可是核桃先生今天又带着贡丸小姐穿过来了，实在太奇怪了，噢……我都在做什么呀！”

我趁着兔子先生自言自语时，悄悄地从床上爬了下来，拎着鞋就朝门外跑去。

我正在得意那只兔子追不上我时，却在走廊里迷路了，我随便找了一间房间推门进去，刚迈进去一只脚，就“扑通”一声掉了下去。

“这是哪里啊？”

“这是核桃先生的记忆，欢迎你的光临。”房间里传来一个洪亮的声音，我从地上爬起来，发现四周都是碎片，我顺手捡起一块，居然是一张女人的脸，再捡起第二块，又是这个女人的脸，第三张还是这个女人的脸……天哪，为什么核桃先生的记忆里都是这个女人的脸。

“为什么核桃先生的记忆里都是碎片？”

“我不知道，他总是喜欢往这个房间里倒碎片。”这个洪亮的声音无可奈何地回答我，我只好把这些碎片拼凑起来，当我拼到一百张的时候我突然发现这个女人似乎在说什么，我把耳朵贴着碎片，终于听清楚她在说什么。

“你几点回来吃晚饭？”

我惊讶地望着她，她为什么会对我提这个问题，难道她认识我吗？后来我发现她根本看不见我，她只是不停地在重复“你几点回来吃饭。”

核桃先生的记忆真是无聊极了，我不得不恳求这个洪亮的声音告诉我哪里才可以出去。

“你试试闭着眼想象你要去的地方。”

我闭上眼睛：“我要回家！”

2

维尼熊真的消失了。

我本来打算告诉维尼熊刚才的遭遇，我想他一定会故意假装淡定地说“噢，这不可能，你一定是没有睡醒。”可是现在我根本找不到人倾诉，只能气呼呼地跑去阳台上给波斯菊们浇水。

波斯菊们跟我聊着小镇八卦，比如红莓太太的丈夫最近出轨了，意粉先生暗恋蕾丝小姐……我懒得搭理波斯菊们，我开始想念维尼熊了。

“我说波斯菊们，你们要不要和我一起喝杯杜松子酒？你们实在太聒噪了。”

过了一会儿，我觉得太安静了，又和波斯菊们大声地说话。

“波斯菊们，我待会儿去菜市场买菜，你们说晚上吃芝士焗吞拿鱼怎么样？”

我多么希望维尼熊可以应一声“我晚上想吃烤羊排，我可不喜欢芝士焗吞拿鱼。”

波斯菊们郁闷极了，这样的对话完全与它们一点关系都没有，后来干脆全部背对着我，等我从菜市场回来，波斯菊们已经全部晕倒在阳台上——原来刚才我不小心把酒瓶弄翻了，酒全部洒在波斯菊身上。

我气急败坏地叫醒波斯菊们。

喝多了的波斯菊开始胡言乱语，其中最高的那束波斯菊告诉我：“贡丸，其实那天我们看见了维尼熊，他正在和斗篷先生说话。”

“斗篷先生和维尼熊说了啥？”

“他说让维尼熊回到隧道里去，维尼熊不答应，他就把维尼熊塞进了斗篷里。”

“你们为什么不早点告诉我？！”我生气极了，怒气冲天地瞪着波斯菊们。

“因为……红头发太太会杀了我们！”波斯菊们颤抖地回答我，其中几束波斯菊直接晕倒了过去。

“真是一群胆小鬼！”我鄙视地望着那几束晕倒的波斯菊，开始计划该怎么拯救维尼熊。

既然维尼熊在隧道里，我就必须回到隧道去找他，如果要回到隧道，就得找到隧道路口——我得返回核桃先生家。

远远地，我就看见了一个纸片人！

“贡丸小姐，你放过我吧，我什么都不可以告诉你，最近隧道堵住了，我要去挖隧道。”纸片人跪在地上不停地求饶，我从背包里掏出一把剪刀威胁他。

“什么隧道？谁让你去挖隧道？”

“就是上面咖啡馆的隧道？其余的我真不知道了。”

“我这把剪刀可是刚刚磨好的，锋利极了。”我把剪刀弄得“嘎吱嘎吱”作响，纸片人吓得瑟瑟发抖。

“好吧，那间咖啡馆是核桃先生开的，兔子和狗都是他的服务生，你和小镇上所有的居民都是被兔子和狗骗下来的人，就这些了。”

“你带我去隧道口吧。”

“你围着核桃先生的房子转七圈就会看见隧道口。”纸片人指了指上方，我突然想起我上次看见的风口，难道那就是通往上面咖啡馆的隧道口。

纸片人果然没有撒谎，我再一次看见风口，我还想再问他一些问题时，他居然就逃走了。

这一次我总结了经验，我先把脚伸进去，风口里像是有一双手拖住我的脚，不一会儿我就被吸进去了，我赶紧伸出双手拼命往旁边抓，居然给我抓住了一个东西。

我停了下来，睁开眼一看，居然是一个柜子，隧道里居然有柜子——不止一个柜子，四周都是漂浮柜子。

我随便打开一个柜子，里面放着一些干枯的波斯菊，我再打开一个柜子，里面什么也没有。

我打开第四个柜子时，居然看见维尼熊！

“维尼熊，你是故意躲在这里不让我发现你的吧。”我拼命摇晃他，我以为他是假装一动也不动来吓唬我，可是摇了好一会儿，我才发现他真的是无法动弹，因为他的眼珠已经变成了两颗玻璃珠。

我号啕大哭起来，眼泪飘在空中变成一个又一个的水泡，渐渐地，我身边堆满了水泡泡，我把维尼熊放在背包里，抱着一个水泡往上游。

不知道游了多久，我的上方像是被什么东西顶住了，我抬头一看，空空如也。我尝试着往上游，依然过不去。

莫非这就是纸片人说的隧道堵住的地方？我四周环顾了一下，左边正好有一个漂浮的台灯（我也不知道它为什么会出现在这里），我拿着台灯往上一捅，掉下来一本书。

咦，这不是核桃先生的日记本，怎么会出现在这里？

我翻开日记本，日记本里跳出几个字："我该不该告诉贡丸小姐事情的真相？"

我吓了一跳，接着，日记本又跳出几个字："我是不是爱上贡丸小姐了？"

真是一本奇怪的日记本，我把日记本塞进背包里，我决定找一个可以坐的地方认真读这本日记本。

11 月 23 日 晴

我决定建一座小镇来纪念抹茶，她喜欢绿色，这座小镇就叫"三叶草小镇"吧。

2月14日 阴

今天我找来了小镇第一位居民，我让他叫“煤灰先生”，可怜的煤灰先生，他和我一样也是失去了太太，每天都在酒吧里喝到深夜，我把他带到三叶草小镇，让他看管这栋大楼，对了，我该给他配一条狗，那这条狗该叫什么名字呢？

3月12日 阴

亲爱的抹茶，我现在又开始思念你了。

4月13日 多云

我又见到这个女孩，她和抹茶一样拥有一个硕大的脑袋，我真希望每天都可以见到她，她似乎总是闷闷不乐的样子，难道是因为她的男朋友？我真想把那个男人揍一顿，不不不，我答应抹茶不能乱用魔法，我应该把他变成一只毛绒玩具，这样他就永远不会离开这个女孩了。

5月26日 小雨

我终于把这个女孩带来小镇上了，我给她取名叫“贡丸”。抹茶喜欢吃贡丸，这是一个来自中国潮汕的食物。煮汤时放几颗下去会让整碗汤都变得美味极了，可是我好像很少回家吃晚饭，如果那天我回家吃晚饭就好了，我一定会抱着抹茶从着火的房子里跑出来。

我难过极了，原来核桃先生喜欢的是他逝去的太太，而我只是长得像他太太而已，可是为什么日记本会弹出那两行奇怪的话呢？那些字也是核桃先生写的吗？

我决定找一支笔来写一篇日记，可是我翻遍我的背包里都找不到一只笔，我只好继续翻找身边的柜子，希望可以碰碰运气。

可惜大部分柜子里都是空的，正当我失望时，我突然发现其中一个柜子慢慢向我移动，靠近我跟前时，柜子门自动打开。

里面居然有一只羽毛笔！

我喜出望外，赶紧拿起羽毛笔在日记本上写起来："我希望维尼熊可以活过来！"

背包里似乎有什么东西在动，我还没反应过来，突然听见维尼熊打了一个巨大的哈欠。

"维尼熊，你终于醒来了。"

3

"你居然把我和剪刀放在一起！"维尼熊生气极了，他最害怕锋利的东西，于是气呼呼地把剪刀从背包里扔出来，差点儿砸到了我的脑袋。

“我们这是在海里吗？你怎么像一条鱼一样游来游去！”

“我们要去找一个垃圾桶的入口。”我把整件事解释给维尼熊听，中间好几次被维尼熊打断，以至于我都不知道我讲到哪里了。

“你说我是你上面世界的男朋友，那我向你求婚了吗？”

“或许有，或许没有。”

“究竟有没有？我都快被你搞糊涂了。”维尼熊拼命地摇晃脑袋，他一醒来就接收了这么多信息，这让他觉得非常痛苦。

“等我们到达垃圾桶，找到那位卷发女士就会知道全部事实了。”我只好安慰维尼熊，抱着水泡继续往上游。

隧道变通顺了，我游了好一会儿，终于游到了飘满垃圾的地方，我猜前方就是咖啡馆的垃圾桶入口。

我悄悄地爬了上去，兔子正准备往垃圾桶里倒垃圾，我一把抓住兔子的脚，把他拽进垃圾桶里，兔子吓得直哆嗦。

我警告他，不许告诉任何人我出来了，否则我就把他的耳朵剪掉。

兔子点点头，抱着水泡在原地打转转。

咖啡馆里挤满了客人，我希望再次遇到那位卷发女士，我需要她告诉我之前我是谁，可是我在咖啡馆溜达一圈还是没有看见她，正在我失望时，角落里的红头发太太向我招招手。

“红头发太太，你怎么会在这里？”

“我在等你呀！”她的声音古怪极了，像是从一个陶罐里发出来的。

“你怎么知道我会出现在这里！”我觉得和这个老太婆说话真是费劲，正打算甩掉她，她却牢牢抓住我的手。

“你不是很想知道你从哪里来的吗？”红头发太太递给我一杯咖啡，“喝点咖啡吧，喝完我就告诉你这个秘密。”

好吧，我实在太想知道这个秘密，尽管背包里的维尼熊在拼命踹我，暗示我不要喝这杯咖啡，可是我还是忍不住喝了下去。

喝下这杯咖啡，我突然觉得头晕目眩，渐渐地，就瘫倒在桌子上。

“现在我可以告诉你‘关于你从哪里来的’的故事了。”红头发太太喝完剩下的咖啡，开始自言自语起来。

十二、两颗神奇的咖啡豆

——关于贡丸小姐的一个小故事

我已经盯着这款胶囊咖啡机一个小时了，我一直在犹豫要不要把它买回去，1600元还送八盒咖啡胶囊，洛先生一定会喜欢这份礼物。

可是我以什么理由送给他呢？这真是一个让人头痛的问题。

咖啡馆的角落里坐着一个红头发的老太太，我猜想她是德国人，因为点咖啡的时候她排在我前面，用着抑扬顿挫的英语要了一杯不加糖的咖啡，这样的口音很像我之前的一位德语外教。

她一直在看着我，一开始我以为是巧合，后来我透过橱窗的倒影发现她真的是在看我。

我转过头，朝她微微笑，她朝我勾了勾手指，意示我过去。

今天的天气糟糕透了，大清早就下着绵绵细雨，后来雨停了，天却无法明亮起来，阴阴沉沉的，像给人盖了一块没有洗干净的油布。

我以为她只是打算跟我聊聊天气，谁知她却笑眯眯地跟我聊起了星座。

“我是射手座第一天出生的。”

“我喜欢这一天出生的射手座，像一个缺乏完整逻辑思考能力的笨蛋。”

我眨巴了几下眼睛，或许我的确是个缺乏完整逻辑思维能力的笨蛋，我到现在都不知道如何平静地与洛先生相处，在他面前我总是容易心跳加速，根本无法表达自己的感情。

“你试过用咖啡豆读懂男人的心吗？”

“呃……没有，这是魔法吗？”

“准确地说是一种很古老的魔法，你把一颗咖啡豆放在你的口袋里，另一颗扔进他的咖啡杯，只要他喝下咖啡杯里的水，你就会听到他的心语。”红头发太太抿了一口咖啡，指了指收银台前的那些供客人试闻的咖啡豆，“你去那里拿两颗就可以了，我想它们一定比那台胶囊咖啡机有用。”

我将信将疑地走了过去，等我拿完咖啡豆转过身还想继续询问时，红头发太太已经不见了。

1

洛先生让我订一个吃饭的地方，晚上要请鱼先生吃饭。我在网上翻找大半天，终于找到一家餐厅。刚进店门，洛先生就开口了，这装修风格属于 BARROCO。

“啥？”我没听明白，不过看得出来，洛先生并不喜欢我订的这间餐厅。

“堆砌过分装饰的 BARROCO。”洛先生重复了一遍，一脸的不悦。

我还是没听明白，洛先生却开始和鱼先生热聊起来。我不喜欢鱼先生，他长着一双桃花眼，我不喜欢长着桃花眼的男人，总觉得他们随时随地都在搜索猎物，防御能力弱的女人很快就会落入他们的魔爪。

鱼先生委托洛先生帮他设计一个楼盘，他希望洛先生可以把这个楼盘设计成一个具有古典复古风格的欧洲小镇，这样便可以吸引有钱又追求生活品位的人前来购买。

洛先生不喜欢这样的设计要求，他觉得一切建筑都必须是理性的，必须是线条鲜明的，在他眼中那些弯曲复杂且五颜六色的装饰完全就是浪费人类的时间和精力。

于是他们俩吵了起来。

我正着急，洛先生突然指着眼前的碟子说："你们猜，我把它砸了得赔多少钱？"

我愣住了，洛先生打算做什么？

只见洛先生"哐当"一声就把这碟子给砸了。

穿着黑色小马甲的服务生立刻跑了过来，轻声细语地询问洛先生有没有受伤。

"你好小姐，我把这碟砸了，我要赔多少钱？"

"不用不用。"服务生挤出一脸的笑容，我想她一定尴尬极了，可是她老板一定叮嘱她不要随意得罪客人。

"不用？那我再砸一个。"洛先生果真再砸了一个，服务生的脸立刻变绿了，支吾了几句就说去请示店长。

"店长来了没？来了没？没来我再砸一个。"洛先生扯着嗓子吼着，我和鱼先生都被他吼傻了，一动也不动地盯着他。

"哐当哐当哐当"洛先生一口气砸了七八个碟子，店长终于来了，还是一副笑脸，话语里却开始打探洛先生今晚来店的目的。

"我就是想问我得赔多少钱？"

"50一个，你砸了九个，450。"

"早说嘛，我赔。"洛先生掏出钱包，数出五张一百的，"找我50。"

店长赶紧找他50元，这事才算完结。

鱼先生拉长着脸，这是请他吃饭的态度吗？

“你们看我干嘛，吃菜啊！”洛先生居然装出一脸疑惑，我赶紧打圆场，端起酒杯给鱼先生敬酒，可惜鱼先生铁了心要走，我的酒杯还没举到胸口，他拎着包就跑了。

末了，还扔出一句：“神经病！”

2

洛先生负责的这个项目黄了。

我后来才知道洛先生那晚是故意装疯卖傻的，他本来就不喜欢鱼先生，和工作室的胖老板争执了几天，干脆自己毁了这单项目。

气得胖老板把手机直接砸在地上。

洛先生也不怕——他的确不怕，博士毕业，注册建筑师在手，满面春风，大把设计公司抢着要他，我的师姐楚小姐一直以为我是因为这个原因才央求她把我弄到洛先生手下做实习生。

结果才上了九天班，洛先生就给我上了这么一课。

胖老板把洛先生晾了起来，还把洛先生手上几个项目通通移走。这几天洛先生闲着发慌，每天都窝在电脑前看*Sherlock*，连中饭都是支使我帮他买披萨。

今天他又打发我去帮他买披萨，顺便带一杯不加糖的咖啡。

我决定把一颗咖啡豆扔进他的咖啡里……

“你怎么去了这么久，我都快饿成一张皮囊了。”洛先生嘟囔着，迫不及待地喝了一口咖啡，眼睛始终盯着屏幕。

我默默祈祷着魔法显灵，我想知道他是否对我有一丝好感，哪怕是曾经有过也行。

其实洛先生已经有一个女朋友了——No No No，我并不想拆散他和他女朋友，只不过我就是想知道这个问题的答案而已。

可是四周没有发生任何变化，除了洛先生嘴巴连续发出的“吧唧”声。

噢，红头发太太欺骗了我。

我只好说服自己打消这个可笑的念头，还不如好好和洛先生聊一下项目的事情，至少劝说洛先生在态度上得低声下气一点儿，毕竟他得罪鱼先生在前。可是第二天我准备去找洛先生的时候，我发现洛先生居然消失了……

本来我以为他只是临时请假，可是问了一圈，也没有人知道洛先生去哪儿了，打他的电话也是不在服务区内。

三天之后，我只好去找胖老板。

“院长，洛先生已经三天没来上班了。”

“不上就不上，我又不能天天拴着他。”

“他手机也关机了。”

“这很正常，他本来就是一个怪人。”

“我的意思是说，洛先生会不会失踪了。”

“失踪？”胖老板大笑起来，“你以为他是只猫还是一只狗，一不留神还会走丢吗？”

我觉得再争辩下去也不会有任何结果，只好闭上嘴巴，正巧胖老板手机响了，他看了我一眼，我立刻知趣地走了出去。

洛先生办公桌上已经积了一层薄灰了。

3

我决定去找楚小姐，严格来说她算是洛先生的女朋友。

我见过他们俩在宿舍楼下牵手，洛先生还偷偷亲过楚小姐的额头，可是楚小姐却不肯承认她和洛先生的关系，甚至还在公开聚会上声称自己还是单身。

我想楚小姐或许只是想把洛先生当成备胎，她还在等待更好的人选。

今天正好有节公开课，下课之后我抢先一步走到教室门口截住楚小姐。

“楚小姐，请问你最近有见过洛先生吗？”

“他不是在上班吗？”楚小姐正在和人发短信，好像很忙的样子。

“他已经好几天没有上班了，我给他发信息也没有回复。”

“哦……”楚小姐应了我一声就甩开我继续往前走，我本来想叫住她，但是她似乎急着要走，步子也越迈越大，很快我就看不见她了。

我的直觉告诉我她一定是急着和另外一个男人约会。

我悄悄地跟踪楚小姐，果然让我猜中了。

在学校门口的西餐厅里，换了一套鹅黄色连衣裙的楚小姐正笑脸盈盈地注视着餐桌对面的先生，那位先生正是长着一双桃花眼的鱼先生。

楚小姐怎么可以背着洛先生与其他男人约会呢？

我有点生气，却找不到更好的办法去发泄心中的怒火，我本来打算把手中的水杯扔过去，但是我又担心会不会砸到旁边的客人。这样纠结了好一会儿，我决定走过去，先跟他们打个招呼。

楚小姐很是尴尬，她甚至都不想和我说话。

“这位是楚小姐的朋友吗？”我斜着眼睛打量着鱼先生，我发现他的脖子上有一颗黑痣，这个特征让我对他的印象更加不好了。

“你好，我们又见面了。”鱼先生微微笑着，拿那双桃花眼打量着我，我眨巴着眼睛，不肯接他递过来的眼神。

“鱼先生，你在和洛先生的女朋友约会哦，我想楚小姐一定提前把这件事告诉了洛先生。”

鱼先生莫名其妙地望着我，楚小姐吓得狂咳几声，立刻站起来，把我拽进了厕所里。

“你在做什么？！”涂着猩红色口红的楚小姐怒气冲冲，仿佛一张口就可以把我生吞进去。

“楚小姐，你男朋友都失踪了，为什么你还有心情和其他男人约会呢？”

“我没有男朋友！”

“你骗人，我明明见到你和洛先生在宿舍楼下亲吻。”

“你监视我！”楚小姐双手交叉放在胸前，依然打算一口把我吃掉，“你的目的是什么？”

“我只是想知道洛先生去哪了？”

楚小姐叹了口气，朝天花板翻了翻白眼，“好吧，我真的不知道洛先生去哪里了，我们已经一个礼拜没有联系了，我建议你去找一下查老师，洛先生每个礼拜都会去找查老师喝下午茶。”

“谢谢你，楚小姐，对了，洛先生真的不是你男朋友？”

“上个月之前就不是了，我告诉他我喜欢上了鱼先生，他似乎不能接受这个事实。”

我突然兴奋起来，用力地亲吻了楚小姐的脸颊一下，楚小姐被我亲懵了，不过很快她就清醒过来，对着镜子补了个妆，扭着小细腰走了出去。

我终于明白洛先生为什么不想和鱼先生合作，他要是看到这一切一定会难受死了，可是楚小姐才不会理会，此时她被鱼先生讲的故事逗得正乐了，笑得花枝乱颤。

4

查老师是我们学校建筑系的老师，上个礼拜他讲的是巴洛克建筑和洛可可建筑风格的区别，这个礼拜讲现代主义建筑风格。

“与现代主义建筑风格相反的是BARROCO，BARROCO强调的是建筑外形自由和过分装饰，而这恰恰是现代主义建筑所反对的。”查老师慢条斯理地翻着讲义，可惜台下大部分学生都在睡觉，对于周五下午的课，若不是担心被点名扣学分，我想许多人都不打算过来。

“查老师，可以再发一遍那个音吗？”我记得我听过这个单词，但是却忘记了在哪儿听过。

查老师见到有学生举手提问，两眼放光，干瘪的小脸蛋居然变得红扑扑起来。

“BARROCO，这是一个意大利语单词，本意是奇特、古怪和变形，它的英语单词是Baroque，不过我更加喜欢用意大利语念这个单词。”

查老师继续讲着，我却开始走神，思绪一下子飘到大一那年，洛先生还在我们学校念书，他组织了一次博物馆参观活动。那天我来得很早，我以为没有谁会比我更早，可是我刚走进博物馆的大门，居然看见洛先生正坐在椅子上读一本砖头厚的书。他侧对着大门，那是一张极其安静的侧脸，没有任何过分的棱角，是我任何时候想起来都会觉得十分安定的画面。而我，则像一只没有刹住车的兔子一样蹿了出来，差点儿没把洛先生从椅子上撞下来，洛先生面露一点小惊讶，接着，他居然"哈哈"笑出了声。

我大概就是那个时候喜欢上洛先生的，一直喜欢到现在，下午 5 点 29 分。

"今天的课就上到这里，同学们你们还有什么问题？"查老师扶起滑落到鼻尖的眼镜，扫了扫台下，学生们已经开始收拾东西准备出门。

查老师最后把目光停留在我身上，见我还在走神，他只好轻轻咳嗽几声，我立刻醒悟过来。

"查老师，请留步。"

查老师终于乐了起来，喜滋滋地等着我继续提问。

"查老师，你最近有见过洛先生吗？我好几天都没见着他了。"

"他不是在做鱼先生的一个设计项目吗？我看他挺忙的。"查老师有点吃惊，以为我会问一些专业问题，后来他知道我不是建筑系的学生，只是过来旁听时更加失望了。

“洛先生和鱼先生吵架了，因为鱼先生抢走了楚小姐。”

“那也正常，符合洛先生的行事风格。”

“洛先生真的不见了！我去他工作室找过他，也去他宿舍找过他，我去了所有他常去的地方，可是没有一个人知道他去哪儿了？”

“哦……”查老师若有所思地抬起头，扬起头往前走了几步，我以为他会和楚小姐一样就这样走了，还想拽住他，谁知查老师自己却停了下来，转过身：

“洛先生好像跟我说他总是能听到一个女声在他耳边说话，一开始他以为是幻听，可是这个声音越来越清楚，我想洛先生是不是患上了严重的抑郁症，或许去医院看病了。”

我立刻想起那两颗咖啡豆……

5

我在咖啡馆里坐了三个小时，终于见到了红头发太太，她今天看起来状态十分不好，总是在用力地咳嗽。

“你好太太，我终于等到你了。”我赶紧拽住她，生怕一不留神她就会消失。

“咳咳咳，不好意思，今天我家的猫得病了，我不得不抱着它去打针，往常我总是会两点钟出现在咖啡馆里，今天的确迟到了。”

“希望你和你的猫都能尽快恢复健康，对了，太太，你上次教我的魔法没有效果喔，甚至还把我喜欢的人弄丢了。”

“这样啊。”红头发太太眯缝着眼睛，十分努力地思考问题。

突然她一拍大腿，“哎呀，对不起，我记反了，应该是把一颗咖啡豆放在他的口袋里，一颗放在你的杯子里，你喝下杯子里的水才可以听到他的心语。”

天哪，洛先生岂不是知道了我的全部秘密，还包括我偷走他的铅笔——我只是想握着含有他体温的东西，我本来打算保留几天再还给他，可惜洛先生失踪了，这只笔只好暂时寄放在我这儿。

我无比沮丧地瘫坐了下来，红头发太太不知道怎么安慰我，只好不停地抚摸我的后背，“或许会变成一件好事也不一定。”

“可是洛先生失踪了，他一定是躲起来不想见到我。”

“可怜的孩子。”红头发太太陪着我掉了几滴眼泪，还帮我要了一杯撒了很重肉桂粉的卡布奇诺，她自己要了一杯姜茶，肉桂混着辛辣的姜味在空气里蔓延，闻久了像是一种陈腐的气味……突然咖啡馆门口响起尖锐的警笛声，我回头一看，一辆救护车停在了店门口。

红头发太太变得异常紧张起来，整个身体都在瑟瑟发抖，死死地拽着我的手臂。还没等我弄明白究竟发生了什么事，几个穿着白色大褂的人就跑进咖啡馆里，把红头发太太抓了起来，直接拖上救护车。

“你们凭什么抓她！”我尖叫起来，用力拍打着救护车车门。

“这位小姐，她上个月从神经病医院跑了出来，我们找了好久才找到她，现在得把她带回去。”

“她有神经病？”我惊讶地望着车里的红头发太太，此时她正缩在角落里，不停地捋着额头的刘海。

“她已经在神经病医院住了十年了，一直都很安静，我们也不知道她如何能翻过那么高的围墙逃出来。”

“等等，我能再和她说几句话吗？”我央求着医生，最后他允许我站在车窗外和红头发太太告别。

“太太，我该去哪里寻找洛先生？”

“你问问你口袋里的咖啡豆吧，或许它知道答案。”红头发太太摸了摸我的脑袋。医生开始催促我，红头发太太只好朝我挥了挥手。

天哪，我在做什么？！难道我还要相信一个神经病的逻辑吗？我真的是一个缺乏完全逻辑思维能力的笨蛋。

可是现在我真的没有任何办法，口袋里的咖啡豆你可以告诉我洛先生在哪里吗？

它当然不会开口说话，我想我大概需要去警察局报案了。

6

我把“报警”这个想法告诉查先生，查先生思来想去，决定陪我一起去。我们俩走到工作室门口时，查先生突然停住脚步。

“你有查过他的飞行记录吗？”

“没有，我不知道怎么查？”

“你可以给他常坐的航班公司打电话。”

我拨通航空公司电话，接电话的小姐让我稍等一会儿，最近这段时间洛先生飞行记录太多了，她需要一段时间才能从电脑里调取出来。

“你只需要告诉我最近这几天的飞行记录就可以了。”我有点不耐烦，准确地说我万分着急起来。

“洛先生星期一预订了华盛顿飞费城的航班，星期三他从费城飞去了纽约，周日他又从纽约飞去了波士顿，今天……今天如果飞机不晚点的话，他应该在凌晨四点到达了本市。”

噢，洛先生原来你这么忙碌，我还以为你被冲进了下水道给老鼠们设计卧室去了呢。

我赶紧往洛先生家里跑去，洛先生似乎知道我会来找他，还在责怪我既然打扰了他的休息为什么不顺便带一杯咖啡过来。

我很是郁闷，我担心好几天，好不容易见到洛先生，洛先生居然也不安慰我几句，反而在责怪我。

于是我气呼呼地坐在沙发上，一声不吭。

洛先生也不说话，打开钢琴盖，弹起琴来。

接着，他唱了一首歌，这首歌的曲调实在是难听死了，但是歌词却吓了我一跳。

炎热的下午
星期天的下午
我在可乐里加了一勺冰块
还有一块柠檬片
这样的味道让我想起了你
每次想起你的时候，我总是会打嗝
就像我喝了这杯饮料一样
我打了一个大大的嗝
哦，我讨厌打嗝
但是我喜欢想你
或许我必须戒掉“想你”这个坏毛病
它总是让我无法平静
无法平静……

“够了！”我捂住耳朵，洛先生却笑了起来，笑着笑着，他就蹲到地上去了，过了好一会儿才撑着椅子腿站起来。

“这首诗写得不错。”洛先生擦掉笑出来的眼泪，突然他一把搂住我的脑袋，“你什么时候写的呀？”

我愣了一下，假装嘟着嘴，心里却乐成了一朵花，顺便悄悄地把口袋里的咖啡豆扔在地上，我可不想让洛先生知道我太多的秘密。

其实我正打算着周末去神经病医院探望红头发太太。